草木时光结

刘雅娜◎著

远方出版社

图书在版编目（CIP）数据

苏木时光结 / 刘雅娜著. -- 呼和浩特 : 远方出版社, 2022.12

ISBN 978-7-5555-1727-6

Ⅰ. ①苏… Ⅱ. ①刘… Ⅲ. ①散文集－中国－当代

Ⅳ. ①I267

中国版本图书馆CIP数据核字(2022)第248431号

苏木时光结

SUMU SHIGUANG JIE

著　　者	刘雅娜
责任编辑	蔺　洁
封面设计	曹可馨
版式设计	王改英
出版发行	远方出版社
社　　址	呼和浩特市乌兰察布东路666号　邮编 010010
电　　话	（0471）2236473 总编室　2236460 发行部
经　　销	新华书店
印　　刷	内蒙古爱信达教育印务有限责任公司
开　　本	787毫米×1092毫米　1/16
字　　数	185千
印　　张	16.5
版　　次	2022年12月第1版
印　　次	2022年12月第1次印刷
标准书号	ISBN 978-7-5555-1727-6
定　　价	69.80元

结时光之绳
阅散文之美

微信扫码
获取本书配套资源

作者推荐

视频带你走近作者，了解图书创作背后的故事。

苏木风光

看视频，领略苏木的独特风情。

时光照片

以作者的摄影作品，带你品味时光中的美好。

声动心弦

本书配套音频，让你在声音的世界里，感受苏木风情。

电子书

随时随地阅读本书电子版，悦享散文之美。

美丽乡村的独步舞者

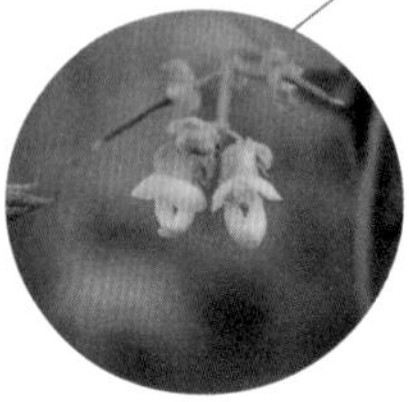

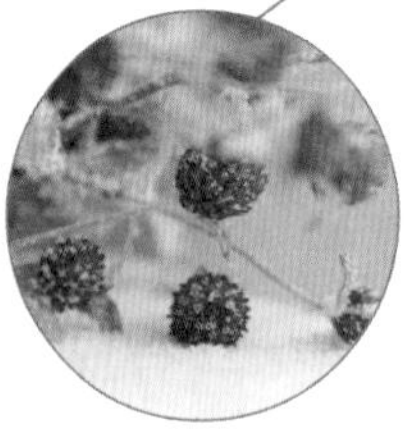

早就想组个团，去风景绮丽的布尔陶亥做一期采风，探寻一下那里厚重的历史文化和美丽乡村的惊人巨变，却因种种原因一直没有成行。新年伊始，坐休在家，刘雅娜来电话嘱我为她的散文作品集写序。缘于对她的了解，又读过她的好多文章，我欣然接受。

大多数诗人都是孤独的，有事没事“都在拷打良心的玉米”，扛着文学创作“轻骑兵”的大旗，“啃得下牛排，吃得下酸饭”。在我们这里写散文的人很少，似乎有些“羚羊挂角，无道可寻”。没有深厚的写作功底，精致细腻的情感表达，炉火纯青的写作技法，很难体会到散文写作恬静轻淡的唯美。

我们何以深情地注视大地，有谁能听到大自然的语言？只有逝去的美好时光、文字的真情流露，才能解读过往生活的真正意义。五年的苏木工作生活经历，三十多篇散文，是一段人生的修行和青春的独白。刘雅娜如同展开了一幅长长的水墨画卷，展现了原汁原味的乡村生活和老百姓的喜怒哀乐，展现了日新月异蓬勃发展的乡村。看得见山、望得见水、记得住乡愁，刘雅娜用文化自信勾勒出美丽乡村的厚重底色。安静的布尔陶亥是有魔力的，难能可贵的是刘雅娜能够始终清醒地站在文学高地，用灵魂丈量着脚下这片深情的土地。白天她是美丽乡村建设的推动者，践行着担当奉献、扎根基层的责任和使命。傍晚和夜色中，她在宁静黄昏看夕阳飞度，仰望天空数满天星斗，此时她是美丽乡村的文化记录者和传播者，用流畅的语言多维度描绘新时代乡村的美丽画卷，让我们感受到真挚纯粹的生命品质。书中每一篇文章都浸润着温厚的情感，不亚于一场苏木悟道，散发着独特的人文气息和艺术魅力。

准格尔旗地处晋陕蒙三省交界，是中国北方历史文化久远和人文景观独具特色的“塞外明珠”。生活在这里的人们，既保留了农耕文化的勤劳朴实，又融合了北方游牧文化的粗犷豪放，兼具柔情与豪放性格特征的同时，表现出文化融合的瑰丽色彩。别具特色的地理风貌散发出自然山水独特的艺术魅力，也为当地文化的繁荣与多元化创作提供了无尽的想象空间，带给人们一种超越地域的审美感悟、精神追求和价值取向。

《苏木时光结》是一部反映美丽乡村全面发展，作者点滴情感嬗变的作品。这些作品并非只停留于描述美丽乡村变化之表象，而是呈现出一种生活状态和思考方式，充满了情感的张力和细节的真实感，获得最直接的人生感悟。这就是作家能写出感动人心文字的秘诀所在。

散文是一个人的心灵史，那种植根于内心的文学修养，多年以来形成的无需提醒的写作自觉，以自律为前提的自由烂漫，为当地美丽乡村所思所想的心迹流露，不经易间她已把文化自信转化为文化自觉。读刘雅娜的《苏木时光结》，有一种心随所想的清澈。这种清澈不是借助于其他任何的外力，而是来自于作者自身心灵的深刻体察。用自己的眼光去看别人见过的东西，在别人司空见惯的日常生活中，能够发现与众不同的美。如果一个人被纷繁世事搅和得身心不宁，是很难走进文字内核的，又怎么能把习以为常的生活见闻写得这样干净，引人入胜。

冯骥才关于怎样区分散文、小说和诗歌，打过一个比方，一个人平平常常走在路上——就像散文，一个人忽然被推到水里——就成了小说，一个人给大地弹射到月亮里——那是诗歌。散文就是写平常生活中那些最值得写下来的东西，不使劲，不刻意，不矫情，更无须“绞尽脑汁”。散文最终只是写一点儿感觉、一点儿情境、一点儿滋味罢了。当然这“一点儿”往往令人难忘，在艺术境界中深刻的东西都不是制造出来的。小说是想出来的，诗歌是蹦出来的。散文好像天上的云，不知由何而来，不知何时生成。你的生活、你的心，如同澄澈的蓝天，你一仰头，呵呵，一些散文片段仿佛片片白云，已然浮现在脑海之中。

刘雅娜的散文简洁平淡、余音绕梁、耐人寻味。其最大的特点就是自然、真诚，娓娓道来而不做作，给浮躁的心情增添一股沉静的清泉。周围安静极了，仰视天幕，星星在闪动，感觉可以与它们对话。用心听，星星们用低语回应。人心与宇宙是相通的，有那么一刻，内心突然丰富起来，仿佛打开了精神世界的宝藏。周国平说：“人生最好的境界是丰富的安静，安静，是因为摆脱了外界虚名浮行的诱惑。”正是这种执着的追求，让我们更深切地感受到安静的无比珍贵。

刘雅娜笔下的美，基本上都是没有经过加工的美，完全融入作者的思想、行动和气质。她写景物时，完全是以自身的观察、体验、思考为旋转变化的视角，不断地切换镜头，形成一个个美的意境，她完全是置身其中的。

真实是散文的生命，感情是散文的灵魂，这是美丽乡村的独特气息。刘雅娜热爱自己工作的苏木，热爱美丽乡村的山山水水。她用真诚而灵秀的笔触，描摹着乡村变化的日新月异，记录下自己的点滴感受。她喜欢那里的田园山水，一有时间就在村里忙里忙外，随时记下所见所闻所思所想，让我们有幸欣赏到她对美丽乡村的别致感受。“吃了几年这片土地上的饭，喝了几年这片土地上的水，恍惚间，觉得自己成了这片土地上的乡民。看得到大家心底蕴藏着的厚道，看得到返乡创业青年的热情，看得到支书带领着党员的忙碌，看得到包村干部带来的新思想。感受得到这片土地抓住乡村振兴的机遇一天天变化着，感受得到这片土地上人们的幸福一天天增长着。”书中这样的感受很多，从乡土、亲情、民宿、菜园、合作社、烤羊肉等各个视角，把一幅新时代美丽乡村全新变化图立体地呈现在我们面前，让我们全方位地领略了布尔陶亥苏本人文与自然的无穷魅力。

当我读到郝凤英总能用卫生积分换到日常用品，她和周围的那些精巴媳妇经常唠嗑说：“你家美了、我家美了，嘎查就美了。”一句简单的话，把深藏于骨头里的纯朴显现无遗。我能感觉到这一定是刘雅娜的创意，她当过老师，有过在共青团、街道办事处、苏木乡镇工作的经历，组织过大型文化活动，有着丰富的基层行政管理经验和超强的组织号召能力。经常能看到她背着相机深入田间地头，与乡亲们打成一片，经常可以见到她灿若桃花的笑脸，也见过她在分享成功欢乐时的喜极而泣。如果真正做到如她所说家美了，嘎查美了，那么美丽乡村、绿水青山定指日可待。

读刘雅娜的散文，感觉一是真情实感，二是自由烂漫，三是写作天赋，原生态的自然写作气息扑鼻而来。她的文学作品细腻敏感、真实、热情，这使得她对人情事故、景物风格有着细致的观察和体悟。尤其是其语言典雅精致，这不仅仅需要有良好的文字驾驭能力，还要贴近生活，贴近灵魂，既有生活的阅历，又有人生的思考和至诚的情怀。而我觉得，一位作家最为重要的，还是她的天赋。天赋所给予她的是那种对文学的热爱，对美丽乡村的依依不舍，从文字自信、美丽乡村的文化传播，一直到对美好生活充满期待。

刘雅娜的散文有才气、有灵气、接地气，给人以美好的享受和心灵的启迪，如同山间的野花一样，不要尽夸颜色好，要留清气在人间。诚然，有真挚的情感、足够的才情，还不足以成就一篇好文章，还需要更多的知识储备，更加深邃的思想哲理，达到“深远如哲学之天地，高华如艺术之境界”。诸多期盼若能如愿，定将不胜欣喜之至。

布尔陶亥是个簸箕弯，有沙有水有草滩。这里有她酸甜苦辣的情感发酵，故而浓烈、醇厚、劲道，看似平淡，却是一种成长的历练。对于美丽的布尔陶亥，我们都是匆匆的过客。

阿吉

2022年1月16日　于薛家湾

微信扫码
- 苏木风光
- 时光照片
- 声动心弦
- 电子书

被秦岭的浅秋包裹的我，滋生出一种被告爱包裹着的感觉。

微信扫码
- 苏木风光
- 时光照片
- 声动心弦
- 电 子 书

目录

苏木时光结

苏木时光结

布尔陶亥镇区全景图

安静的布尔陶亥

微信扫码
· 苏木风光
· 时光照片
· 声动心弦
· 电子书

安静的布尔陶亥安然地处在尘世间。这里的风景，乍一看，不是那种旷世的美丽。这里偏僻退隐，近乎平凡，但只要认真地呼吸一阵子清爽的空气，便会隐隐地感受到偏僻退隐是美的，是有魔力的。一只白色的鸟展翅划过干净的蓝天，云彩跟着鸟儿飞行的方向流动。一株株大树努力把树梢伸向天空，志向是将那抹嫩绿融入湛蓝。树下的小草脾气怪得出奇，不肯褪掉去年的衣裳，将干叶置于新叶旁，枯黄的颜色生生与碧绿色一样有生机。

布尔陶亥紫河湾，有沙有水有草滩。
心里盘算数天数，想把亲亲常留住。

几声漫瀚调从耕地那头传来，在空气中激起一圈圈声浪，这声

风轻轻抚过面颊，远处传来希望的声音，你只是微笑着看着远方，一转身，你又消失不见……

嫩绿堪栽红欲绽，蜻蜓点水鱼游畔。

浪穿过我的身体，传得越来越远。老乡离开劳作的田地，背影里透出的骄傲，像将军带兵打了胜仗。地里的庄稼随轻风摆动了一下，是无心？是有意？是挥挥手让老乡回家休息？

顺着田边小路绕过一道沟，上了坝梁。站在坝梁上望出去，纯朴的大地拥抱着一个接一个的水塘，阳光下，水面像闪闪发光的丝绸，更像是色泽温润的巨大“宝石”。我站在最大的“宝石”的边上，感谢阳光，感谢慷慨的太阳从宇宙带来的这份礼物。我满怀感激，闭上双眼，笑，用心地笑。那一刻，周围都是安静的，连空气都一动不动。我浮在大地与天空之间，像一片叶子或一个影子，静悄悄的，不发出任何声响。

一声蛙鸣打碎安静，耳边热闹起来。多个声部的蛙声汇成了交响乐，细听，还有鱼儿卖弄身姿跃出水面又跌回的声音、水草随波飘摇的声音、土燕子翅膀扇动的声音……这些声音一定是从神秘苍穹里发出的，那里肯定是和这里一样美丽且纯粹，不然，这些声音怎么可能这么和谐。

下雨时，雨落到水面。丝绸起了褶皱，片刻，水面乱了，波纹居然乱出了章法。自然之母总有自己的规则，在杂乱中居然能找到一丝丝秩序。

有一回，雨一滴一滴落到地上画小圈圈，生出一个又一个圆。我心里一阵高兴，雨的味道钻进了心里，随着血液流到了全身，周遭开始有了湿润的美妙。雨滴变成了线，地上的圆圈连成了片，一会儿工夫，地上生出了水泡泡。真想接一捧雨水，在小炉上煮茶，心思远去，念一个异乡的人。如果他在身边，便可耳语。下雨的时候特别想他。

雨停后，植物的尖上、叶上总有一些晶莹的水珠，自然赠送给植物如此赏心悦目的珠宝，任它们骄傲地招摇。用手轻轻一碰，水滴“嗖”一下跑到手指上，失去了珠宝的模样。还是让这一小滴水在尖上、叶上吧，除了我还有乡村里的虫儿们欣赏。

布尔陶亥大多数的日子是晴天，有时万里无云，有时云朵幻化出的各种形象会引你出神。

心不急，赏日落是件有意思的事。我看见过太阳从山梁上落下、从老乡的房顶落下、从办公室外的树梢落下、从喜鹊的巢落下、从贪玩儿的小孩肩膀旁落下……最有意思的一次，我单手托着将太阳送下山，感觉妙极了。每当太阳下山，天空色彩斑斓时，心海一片壮阔。一尾顽皮的鱼冲出海面，划出一道银色的弧线，鱼儿冲入心海时，涟漪做好了准备，一圈一圈扩散开。努力将心平静时，这尾鱼反复跳跃，涟漪一圈套一圈，一层复一层，心海不再平静，任心思胡乱神游。

入夜，星星满天。我总是一个劲儿地仰视天幕，星星在闪动，是它的生命在搏动？这样的闪动是它欢乐的舞蹈抑或痛苦的战栗，谁也说不清。我用心听星群低语，那声音从容传来。它们说，布尔陶亥定是一位伟大艺术家的作品。每一株小草，每一根枝条，每一道山洼，每一粒沙，甚至每一张蜘蛛网，都被放到了精准的位置上，风霜雨

高铁穿过苏木，列车呼啸而过，不知车上的人会不会留意这个安静的地方。

雪、酷热严寒、岁月更迭，都没有让这件作品失色。真是匪夷所思，我想再听听，再听听，但那些我辨识不了的星星、那些玄妙的精灵，突然间感受到我神思的探索，瞬间藏起了低语，恢复了平常模样。

开着窗，躺在床上，似梦非梦，半睡半醒。我在这里消磨掉了太多好时光。一个美好的夜晚就这么被消磨掉，不去想吃食、衣裳，只是这么安静地躺着。耗子又开始捣乱了，津津有味地吃着粘鼠板上的花生。害怕带着凉意从脚底“嗖”一下子蹿到头顶，我起身寻找武器欲与之战斗，转瞬，决定放过它，如同放过悲伤和无奈。墙上变了形的影子真像我在林子中看到的枯树，那枯树仿佛在林子里待了千年，这影子呢？也有千年吗？

睡不着，便琢磨把布尔陶亥的安静装在漂亮的玻璃瓶中售卖，但我不是商人，没办法把这里的安静变成钞票。这里的一切就在这里，有时觉得白白浪费掉了。转念，便开始嫌弃自己庸俗的念头。

真羡慕与布尔陶亥朝夕相处的人，心安理得地接受着它土地上喷涌出的善良和知足常乐。农民们依然耕种着祖辈留下的田，吃着田里长出的粮食，吃着自家养的鸡下的蛋，吃着自家的猪肉、羊肉……

高铁穿过苏木，列车呼啸而过，不知车上的人会不会留意这个安静的地方。

曾经与这里退休的人闲聊，她告诉我，王爷府里曾有一棵高大的古槐树，那棵古槐树静看历史中的人们浮浮沉沉，每根枝杈都记录着故事。就在几十年前，那棵古槐树被砍了。当时刚来苏木工作的她心里无限惋惜，于是在原地种下一棵小槐树。现在，小槐树已长高长大，枝杈中记录着全新的故事。

深深地吸一口清新的空气，每一次呼吸都是幸福的，没有城市的味道，没有人群的热闹，在布尔陶亥，就这么静静地幸福着。

古老且年轻的铧尖村

当今的时代，找个热闹的地方太容易了，而找个安静、清静、宁静的地方就难了；找个繁华的都市太容易了，而找个拙朴、质朴、纯朴的地方就难了。

好在，我在布尔陶亥苏木工作，走遍了苏木的村村落落，铧尖村很符合我理想中乡村的特质，最像那个“难找”的地方。铧尖村为什么会叫这样一个村名？因为地形。铧尖村的形状像个三角形，与耕地的犁铧尖特别像。

铧尖村不大，没有像城市一样整齐的规划，庄户人家都是依地势、水源而居。这几年，这里的房子新的多旧的少，承载了几代人生活的老房子反倒更有味道。在这里，生命的声音没有被遮蔽，每院每户都活泼新鲜。院外猪哼、羊叫、鸡寻食，院里狗吠、猫喵、燕衔泥。村里有文化大院，爱唱几句的老乡隔三岔五组织个活动，漫瀚调能飘挺远的呢。从院子里抬头往天上看，天很蓝，地上只要有个小水洼，低头看水时，水也变蓝了。

村里的路弯弯曲曲，路旁的树或直立或歪斜，高高低低的树与庄稼相映成趣。路旁的树多是杨树。长得漂亮的树我没有多留意，长得独特的树总是会多看几眼。有的树皮发皱、树枝扭曲，有的树一半枝茂一半枝枯，但完全不影响生长。有的树拥有喜鹊窝数个，有的树没有一个鸟窝。我总觉得喜鹊窝多的树更友好些，那些树可能更爱听喜鹊的低语或高歌，树枝专门为喜鹊做窝而调整了生长的角度。

树上喜鹊做窝，檐下燕子衔泥。冬天檐下的小窝冷冷清清，春日里小窝便开始热闹起来。先是两只燕子卿卿我我，后来加几只小燕子和和美美。村里人说，燕子爱干净，没撒什么粪下来。夏夜在院子里乘凉，有窝燕子，感觉蚊虫少了很多。

铧尖村里有好几个水坝，不连在一起，相隔倒是不远。庄稼生长的季节，水坝上出现的人会多些，那些人多数是为浇地忙碌着。庄稼生长时，水坝里的鱼儿也很活跃，还有个别人到水坝是为钓鱼去的。村里人不给坝里的鱼喂食，全凭小鱼自己个儿刨闹（方言）。钓鱼的人也许就是为了鱼的这个野劲儿才去钓的吧。但我也有看不明白的时候，有些人坐在那里等了半天，鱼儿上了钩，却又把鱼儿放走。

铧尖村的庄稼地整合了很多，一大块一大块的。大块地里总能看到农机为老乡服务。现在种地与原先大不相同，现在基本实现了机械化，春天播种有播种机，夏天除草有打药机，秋天收获有收割机，农

天很蓝，地上只要有个小水洼，低头看水时，水也变蓝了。

机合作社的大型机械解放了好多劳动力。年纪大一些的人留在村里，耕种土地也不费力。收玉米的商人到村里，开来了脱粒机和大卡车。谁家要卖玉米的话，很方便，直接上门服务。脱粒机的动静能把周围的邻居都吸引过去，三五个老乡聚在一起，聊一聊今年玉米的收成和价格，讨论一下今年猪肉价格好，要不要留点儿玉米再多喂两口猪。商人拉着玉米要去过秤了，聊天的人还没聊尽兴。

离村几十里远的黄河开始流凌时，寒冷从田野钻到了农家的凉房，肉放得住了，村里开始进入了杀猪季。杀猪在冬季里是一件大事。一家杀猪，左邻右舍不用邀请都会来帮忙。当然，重头戏是吃一顿实实在在、热气腾腾的杀猪烩菜。各地的杀猪菜做法不同，铧尖村的做法实在。杀猪烩菜的食材有三种：现槽头肉、秋后腌的酸白菜、新土豆。肉切得厚实，足有筷子厚。酸菜解肥腻，这厚肉适合下酒。喝一大杯酒、吃一大块肉，老乡们的脸上写满了惬意与知足。米饭里拌点儿土豆和菜汤，这顿烩菜才吃得饱、吃得踏实。

与老乡们打交道久了，我对他们的生活状态真是羡慕。自家的田里可以产粮食，院前院后可以种些蔬菜瓜果，养点儿猪、羊、鸡、鱼，餐桌上的食材一年四季很是丰富。与田地打交道，不可能事事如意。如遇大旱，老乡们又着急又焦虑，天上的云来未落雨，他们也会骂天骂地。如遇及时雨，便有人在雨里跑，泥土和上水，很容易滑倒。总的说来，老乡们春耕、夏种、秋收、冬闲，有忙有闲的日子也是滋润的。

重头戏是吃一顿实实在在、热气腾腾的杀猪烩菜。

我问过村里的人这个村子有多长时间的历史，老乡告诉我，他们也不清楚，反正在建王爷府的时候就有人在村里住了。老乡口中的王爷府在布尔陶亥的旧镇区，建成已经一百五十多年了。据此推算，村里有人居住的历史应该至少一百五十年了。我又问，更早呢，村里是个什么情况？老乡告诉我村里有个叫西沟畔的地方，那里曾经来过考古队，出土过珍贵的文物，应该在很久很久以前，这片土地上就有人了。

考古队？这个信息着实吸引了我的注意。

我找到了一块黑色的石碑，上面写着“匈奴古墓遗址”。

盯着眼前的黑色石碑，我一阵眩晕。我仿佛化作了一缕清风，飘到了一场葬礼的上空。一个魁梧的匈奴男人已经被放入了墓坑，周围的景色随着他的下葬变得萧瑟起来。他曾经看过世间冷暖的双眼永远地闭上了，神情肃穆。他结束了征战的一生，告别了马背，告别了亲人。在彻底告别这个世界的时候，人们为他戴上了制作精美的鋈鹤头饰、金耳饰和金项圈。腰上系上了华丽的腰带，腰带上镶着两块金饰牌、银花片；腿下整齐地摆放着铜圆片饰。葬礼有条不紊地进行着，一面铜镜、一件圆形鹿纹金片放置在了他的左耳侧；一把铁剑放置在了他的右手中，木质的剑鞘上镶满金片。最后，人们在他脚下放置了一个夹砂灰褐陶单耳罐。伴随他进入另一个世界的物件摆放完成了，很快一个坟茔立了起来。天色暗了，一阵冷雨敲碎了送葬的队伍，敲碎了所有的悲伤。冷雨过后，坟前干干净净，就连送葬人的脚印也看不清楚了。

一只大鸟划过天空，像在时空中划出了一道口子，眼前像电影的蒙太奇镜头，水草丰美、植被稀少、黄沙漫漫、绿草丛生；骑马游牧、牛羊遍野、人烟稀少、放垦草地、人口聚集、畜多草茂，这众多的变化也许经过了两千多年，也许只是一瞬间。一缕清风裹挟其中，同样经历了这两千多年或是这一瞬间。

一闪神，我从恍惚中清醒过来，依然站在黑色石碑前。铧尖村到底是古老的还是年轻的？

我思考着，也聆听着。在这片土地上，村里的编织袋厂发出“哒……哒哒、哒……哒哒”的声音，这简单的节奏唱响了三百万订单；老贺家的孙子考上了清华，家里人打电话的声音都洋溢着喜悦；为钱老办的百岁生日宴上，亲戚们送上了满满的祝福，小辈们在朋友圈发的内容被点赞；八十多岁的老党员坚持为防控新冠肺炎疫情多捐点儿钱……铧尖村里的事一件又一件，一笔又一笔地绘出这个村子独特的画像。

好吧，就写这么多了。明天，或许后天，会有一些友人来到这里，品读铧尖村的古老或年轻吧……

相似的村庄，不一样的尔圪壕

在鄂尔多斯高原东端，有个北、东、南三面被黄河环抱的地方，叫准格尔旗。在准格尔旗的西北部有一个苏木，北边是沙漠，南边是山梁，这个苏木叫布尔陶亥。苏木里有一个“世内桃源”，天蓝、云白、树绿、草青；羊肥、猪壮、鱼跃、犬吠；月朗、星繁、鸟叫、蛙鸣，这里叫尔圪壕。

尔圪壕意思是喷涌的泉。我专门找过那眼冬天也不结冰的泉。泉眼在王五子家前面那道沟里，从坡上顺着小土道走下去，踩着嫩嫩的小野草过去，便能看到青玉般的泉水汩汩流淌，那泉水年复一年滋养着这片土地。

当地人回忆，四十多年前，尔圪壕的水比现在多得多，许多地里都是淖，山沟沟里不远不近就会有泉眼。如今，那些有淖的地变成了耕地，许多小泉眼消失了。现在依然淌着水的泉被人们深深崇敬着。

布尔陶亥苏木里，有一个『世内桃源』般的地方，叫尔圪壕。

王五子家对面的小山顶上，人们为四季长流的泉盖了一座小小的庙，里面供奉着水神。有人说，水神原是一条水蛇，吸收日月精华修炼多年幻化为人形，常以水为药，照顾生灵。有人说水神是男神，也有人说水神是女神。不管哪种说法，都是老百姓将美好的事物寄于一位神灵之上。

一个地方有水就有了灵气。曾经这些泉水随意地流着，二十世纪末，这里修了八十多座坝，那些泉水慢慢地汇集起来，坝里水满满的。如今放眼望去，那些一个连一个的水坝像一块块翠玉镶嵌在这片土地上。坝里的野生鱼时不时地跃出水面，在玉面上增添了一层又一层的涟漪。这里的鱼我们称为“四尔鱼”。来这里的游客总是很好奇这个名字。憨厚的老乡伸出一个手掌，说一个“尔”（鄂尔多斯的“尔”，准格尔旗的“尔”，布尔陶亥的“尔”，尔圪壕的“尔”），收一根手指。手指是从食指开始依次往手心里收，说完四个“尔”，四根手指收回，大拇指高高竖起，老乡眼角的笑纹荡漾着满满的自豪。游客们被老乡感染着，也高高竖起大拇指，笑声与笑声相连，空气中全是幸福的味道。

得益于这些水，见田合作社“疯子的菜园”里的各种蔬菜长势不错。菜园里施的是农家肥，防虫用的是生物手段，没有一点儿化肥或杀虫剂的影子。地里的菜喝的是活泉水，呼吸的是蓝天白云下纯净的空气，这样的菜看着就惹人爱。起初只有准格尔旗薛家湾的百余户居民享受得到“疯子的菜园”中的高品质蔬菜。隔年，见田合作社购买

『为什么我的眼里常含泪水？
因为我对这土地爱得深沉……』

了冷链车，物流的问题一解决，东胜、康巴什的居民也能享受到这样的蔬菜了。

见田合作社的社员们皮肤被晒得黝黑，衣领周围经常出现汗渍，鞋子上常沾着土粒。他们看向地里的菜时，眼里那种光像父母看着孩子一样。他们不擅长表达，但行动比语言更有力量。他们是爱这片土地的，是爱这土地里长出的棵棵绿苗的。这让我想起了艾青那脍炙人口的诗句："为什么我的眼里常含泪水？因为我对这土地爱得深沉……"这里的人们对这片土地的爱同样深沉。因为这份爱，他们劳作的形象瞬间高大起来。

"疯子的菜园"在嘎查游客中心对面，中间隔着一条水泥路。这条路东西走向，贯穿嘎查。水泥路边上是美化带，绿色上点缀着各色小花。美化带边上是骑行道，红色的骑行道总是默默地欢迎着那些向往田园，来到自然中的骑行者。骑行道边上不远不近立着太阳能路灯。它们每晚用那团光守护着夜行的人。如果有可能，夜里我们真应该从空中看看这条路，那一盏盏路灯一定像润泽的珍珠闪着光亮。

开车走在这条路上，把车窗降下来，车内充盈着美好的空气，我忍不住放慢速度。路边那么干净，没有乱七八糟的垃圾，田地边上也收拾得很干净，没有破碎的地膜或什么瓶瓶罐罐。路边的房屋更是一间比一间漂亮，虽然都是红砖青砖相间，但每家每户的设计都不一样。房前屋后被那些精巴媳妇收拾得利索好看。那天，尔圪壕嘎查卫生评比小组到了郝凤英家，屋里屋外、院里院外仔细检查了一遍，评从空中看这条路，那一盏盏路灯像润泽的珍珠闪着光亮。

比小组在记录单上又打了高分。郝凤英总能用卫生积分换到日常用品。她和周围的那些精巴媳妇经常唠嗑说：“你家美了、我家美了，嘎查就美了。”一句简单的话，把深藏于骨头里的纯朴显现无遗。

我总觉得自己与村庄的联系比自己知道的更紧密些，在乡村的日子心里总是自在得很。

爷爷和村里住的那些老人们一样，几乎一辈子都在那片土地上生活，人们彼此熟悉，甚至当时村里住的七个老人一共有几颗牙都是知道的。回到纳林老家，我很喜欢那种亲切与熟悉。现在的尔圪壕嘎查与纳林老家的村庄是有区别的，这里有了更多现代化的色彩，但乡土中国的本色一直在。大家都没有锁门的习惯，不锁门也不会丢东西。我常到老乡家里，如果人不在，你大可给户主打个电话，然后自在地到客厅里等着。

我特别喜欢村庄里这种熟人社会状态下的生活。

“谁呀？”

“我。”

简单的一问一答，不用更多的言语。那种熟悉与信任早已在日复一日的共同生活中建立起来。虽然邻里邻居也会有个小矛盾，但只要嘎查里年长的人出来说和一下便好了。

布尔陶亥是一个农牧业乡镇，尔圪壕当然也是。当人们追求体验田园生活时，尔圪壕的乡村旅游随之而生。嘎查里那些做惯农活的老乡，有的开起了农家乐做起了厨师，有的把庭院修整一番做起了民宿主，有的买来新车搞运输，有的当起了商人售卖农副产品，平静的村庄里也有了热腾腾的经济脉动。

来这里的游客找寻的不是那种人文景点能带来的感觉，也许他们更多的是想远离喧嚣、放空心境。

我喜欢嘎查里那三幢特色民宿，尤其是晚上。周围安静极了，仰望天幕，星星在闪动，感觉可以与它们对话。用心听，星星们用低语回应。有那么一刻，内心突然丰富起来，仿佛打开了精神世界的宝藏。

我总是给周围的人推荐这几间房子，告诉他们在城里热闹完之后，来尔圪壕感受一下安静，在动与静之间找一个合适的比例或节奏，寻到一种平衡。

民宿的灯亮起，在黑缎子般的夜色中特别炫彩，是一幅别致的画。想象一下，你在这儿或看书，或聊天，或饮茶，或静思，远远地看过来，你就是那散发着独特魅力的画中人。

尔圪壕嘎查以前也没有这么美好。曾经这里因为离库布其沙漠近，老乡们栽过多年沙柳来治沙。曾经这里的房屋也没有这么亮丽，大多数房屋是素土夯实后做墙，木质的檩、梁、椽做屋顶，门窗多是木质，窗的上半部分糊白麻纸，过年过节会贴窗花。窗的下半部分安装几块玻璃，增加屋里的光线。屋里会盘一面火炕，一家老少都是在这面炕上睡觉。

嘎查里现在还保留着一处这样的院子，就在铁路桥下不远的地

路边的房屋虽然都是红砖青砖相间，但每家每户的设计都不一样。

方，大家给这座院子起名叫一号院。村民满金喜就在这座院子里出生，他总是说这座院子年岁已高。苏木里专门请人修缮过这座院子，还保留着原来的风貌。院里的水井、灶台都保留着，曾经使用过的农具也摆放整齐。屋内专门收集了过去家家户户都会用的红躺柜、缝纫机，水瓮呀、铜瓢呀都有。看过这座院子，再看看老乡现在居住的房舍，生活的变化不言而喻。

从一号院往北走个五六里路，就会看到一大片草场。平时这块两千亩的草场上散落着几座白色的蒙古包，但到了准格尔旗举办那达慕大会时，这里就会变得热闹非凡。高大的看台上聚满了参加那达慕的人。人们身着节日盛装，满心欢喜地看着射箭、骑马、摔跤比赛和文艺演出。那达慕大会那几天，人们熙熙攘攘，其中很多是从外地来的游客，到处是蒙古包或大大小小的帐篷，临时开辟的停车场里停满了车，仿佛一夜之间草场上长出了一座小城。那达慕闭幕后，那些人、车、蒙古包和帐篷又在一夜之间消失，小城不见了。

那几天，那达慕会场的炖羊肉卖得不错，尔圪壕嘎查那些农家乐的烤羊肉也卖得挺好。说到烤羊肉，便要多说几句。这里的烤羊肉一定要烤绵羊，现杀现烤。一整只羊穿在铁支子上，支到自制的烤架上，将秘制的调味料调成汤汁，用针管注入肉内，然后用木炭烤四个小时，直到羊肉表面呈现出金黄色。此时，羊肉的香味还没有彻底出来，当客人们到齐后，烤肉师傅当着众人的面将羊肉划成细条，顿时，烤肉的香味弥漫四周。

富有特色的农家院

我喜欢在露天的小院里吃烤羊肉，大家围成一圈，都是一手拿小刀一手拿夹子，割一小块肉送到嘴里，吃相不需要斯文。有的人喜欢蘸点儿大葱呀、酱呀这样的佐料，我更喜欢不蘸佐料，全心全意地体味满嘴的羊肉香，总能吃得很饱。

有一次，我遇到一位游客，一看就是游遍祖国大好河山的主。他说，各地对羊肉的喜好差别很大。就内蒙古而言，在鄂尔多斯，跑坡山羊很受青睐，来了客人炖个山羊肉就是好招待。但到了呼和浩特往北些的四子王旗，人们是不爱吃山羊肉的，那里的焖羊肉是用绵羊肉做的。关于羊肉，有一点是统一的——涮羊肉一定要用嫩嫩的绵羊肉，北方南方都一样。他还说，南方人吃红烧羊肉，肉很瘦还带皮。带皮？咱们可舍不得。咱们这里杀羊一定要去皮。羊皮子可以做皮衣，怎么能吃掉呢?

其实，在尔圪壕嘎查不仅能吃到烤羊肉，还能吃到很多地道的农家饭菜。因为厨师都是当地老乡，所以做出的饭菜总有一种家的味道。

吃了几年这片土地上的饭，喝了几年这片土地上的水，恍惚间，觉得自己成了这片土地上的乡民。看得到大家心底蕴藏着的厚道，看得到返乡创业青年的热情，看得到支书带领着党员的忙碌，看得到包村干部带来的新思想。感受得到这片土地抓住乡村振兴的机遇一天天变化着，感受得到这片土地上人们的幸福一天天增长着。

我到过很多村庄，它们看起来很相似，但来到尔圪壕细细感受过后，发现它与其他村庄真的不一样。

漫步大营盘

寻常日子里，在大营盘不急不缓地走走，看看灰色街标旁田里长出的新苗，看看旧街小店门口下棋的大爷，看看随意地做着生意的小吃店老板，看看拿着手机看视频的理发店师傅，看看用一架老式的缝纫机做枕套的老太太，还有总也不开门的古董店以及追逐玩闹的小狗和伸着懒腰的猫……散步就是这么无拘无束，随意自在，不需要计划，随性就好。诗词中，能找到古人随性散步的痕迹。白居易早上起来，“散步池塘曲”，吃饱了饭，“散步长廊下”，天气好的时候，“散步中门前”。

脚下闲逛着，眼前的物与景却不让脑子闲着。

突然想起经常有人问我，这里为什么叫大营盘，原因很简单。曾经，这里长年驻扎着王爷府的卫队，当时，被旗民们称为大营盘，久而久之，大营盘就成了这里的代称。大营盘的称谓见证了这里曾经的

时间的流逝改变了人们的生活场景……

风光。

如今，在大营盘能看到一条东西走向的短街，街上原本是一些老宅，现在一眼望去是近几年维修后的仿古新建筑。其实我更喜欢保持原样的旧一些的建筑，它们虽然不高、不大漂亮，但吱呀作响的门里记载着曾经的欢声笑语、悲欢离合。

卫生院搬到了新镇区后，那些追着贾院长看肾病的人都到新卫生院住院去了，街东头以前人头攒动的小楼便空着。离这栋小楼不远，是几间没维修过门面的旧房子，房子上隐约还能看到“发展经济、保证供销、为人民服务”几个字，一眼就能让人们看出，这几间旧房子曾是保障物资供应的供销社所在地。房子中还摆放着老式的木质柜台，我忍不住站在窗前往里瞧。我仿佛看到一群小朋友围在柜台前，眼里满是渴望，盯着蜡纸包的水果糖，柜台里的售货员却只顾忙着给添新衣的大姑娘扯布料……

时间的流逝改变了人们的生活场景，供销社已经随着时代的发展消失了，记忆中的曾经也许是我们目力所及而截取的片段吧。

其实，在大营盘，最有故事、最风光的建筑是王爷府。信步踏入王爷府，看到灰色的砖、木质的门窗，仅凭一眼，就想寻一寻这座小院落里深藏的故事。

古老的院子里没有别人，只有一个我。此时，西下的太阳把西厢房的影子拉得长长的，直到东厢房的墙根。整座院子经历了一百五十多年的浮华岁月，历练出浑然的沉静。目前，这座院子未施粉黛，曾经的漆画斑驳，不凄美、不冷落，满心期待着不久要来的能工巧匠，让院子焕发新的光彩。这时，暖风柔和地抚摸着院子的角角落落，我静静地伫立在古老的门洞中，只觉时光错位，仿佛置身于时空的隧道。

咸丰二年（1852年），扎那嘎尔迪相中了一个地方，这个地方有眼明泉，汩汩流淌着青玉般的泉水，肥沃的土地上绿浪滚滚、野花竞放，马儿在风中驰骋，雄鹰在空中翱翔。这个地方就是布尔陶亥。他想在这个地方修建府邸。同治六年（1867），扎那嘎尔迪被朝廷赐为御前行走。慈禧太后还将定王的女儿（这个女子就是后来的“四奶奶”）许配给了他的四儿子。扎那嘎尔迪借这个机会，大兴土木，请能工巧匠们在衙门的东北面建起了一座王府。新建的王府有高高的起脊屋顶，屋顶上的陶瓦上刻着精致的浮雕，檐下廊间还有精美的彩绘图案。

从那时起，王爷府这个舞台上就开始上演一出又一出大戏，戏中人物繁多，有的角色飞黄腾达，有的角色暗自神伤，有的角色清心寡欲，有的角色多情放浪，有的角色无人不知，有的角色悄无声息……无论王爷府的故事情节多么扣人心弦，随着时间的流逝、岁月的变迁，一切都不复存在，曾经的一切都成了繁华旧梦。后来，那宏大壮观的王爷府逐渐被拆毁，城墙和城堡没了，衙门没了，大粮仓没了，后花园没了，白塔没了，庙院没了，照壁没了，最终只剩下眼前的这座小院隐没在民房中间。

时间？时间！我们都被时间带着前行。千年前是过去，百年前

一百五十多岁的王爷府，如今着了新装，换了新颜。

是过去，一年前是过去，这一秒是下一秒的过去，哪一秒是我们的现在？

旧街最西头有一座楼隐在街面房的后面，这座空楼曾是布尔陶亥乡职业中学的教学楼。楼前白色的雕塑无声地讲述着校园里曾经的活力与青春。盖楼的时候我正在学校里教书，这楼打地基、起墙体、装门窗、进课桌椅，我都亲历过。突然，我想起了孩子们从平房的教室里搬到新教学楼时的喜悦，二十一年前的画面浮现于脑海中。

那时，我刚从师范学校毕业，从学生到教师的转变让我有些无所适从。我本来学的是音乐教育，到校后领导安排让我教政治课，我边学边教，好在没有耽误那些可爱的学生们。有时我会想，如果时光停留在那青葱年少之时该多好。可惜，我没有任何办法留住时间。转念，随着时间成长或老去也是件美好的事情。

当时班上的学生如今有从政的，有经商的，有远在他乡的，有守着故土的。明亮是班上的一位学生，上完大学后回到布尔陶亥苏木工作，现在与我是同事。那天看到明亮在朋友圈晒初中毕业照，照片上的孩子们满眼纯真，对未来充满希望。那个班是我带的唯一一个毕业班，我应该也有这张毕业集体照，但不知道遗失到什么地方了。于是，我向明亮要了照片，摆到了办公室书柜的正中间。

继续往西，就是旧街的尽头，一排高大的防风杨常年被风吹得树干集体倾斜。穿过树木，是一大片耕田。一部分地块上的新苗露了头，一部分地块上还见不到新苗的影子。今春的雨水不足，土地极度渴望甘露。站在田埂上，我轻声告诉地里的秧苗，明年就不用这样无奈地等着天雨了。马上就要实施“引黄入布”工程了，等工程完工后，母亲河的水将顺着管道来到这里，壕赖河里水会满沿沿的，二坝会从干涸见底变为水量充足。明年咱坝里的水足够庄稼喝。说不准，由于引进来的黄河水，这里会成为鱼米之乡。

脚下走走停停，思绪忽远忽近。想起一句诗“择一城终老，遇一人白首”，人生中如果能实现诗中所言，真是幸事。如若不能选择，我们把爱当作动词用，在什么地方就去爱上什么地方，用不了多长时间，你就会发现这个地方的优点。比如，在布尔陶亥的大营盘寻找岁月留下的痕迹，在古老的王爷府里听风拂过；比如，在老乡的笑纹中寻得幸福的真谛，在老乡布满老茧的双手中看到未来的希望；抑或得一时清闲散一会儿步，回忆过往；抑或什么都不想，站在某处莫名地发一会儿呆。就在某一刻，我发现这里成了诗句中“择一城终老”的理想之地。

心中有不少文字涌动，找来纸笔赶紧记下，便有了这首《老街》。

百年老街，叮叮当当的风铃

阳光窄窄地穿过街头的你

也穿过街尾的我

你顺着阳光走过来

走过那些挂着风铃的木门
端来一碗水

你是谁
你从哪儿来
你到哪儿去
我渴，只有喝水的力气
说一字身体都不能承载

你说，一直在等
等一个带着玫瑰胎记的人
她曾说过，带着玫瑰转世
完成那场没有举办的婚礼

这水真甜，我再喝一口
努力发出这样的请求

你说，上一世已到尽头
今生今世
你充满泪痕的双眼
一直注视着街口

不能远行
她会带着印痕回来
希望温柔的围绕
隔了世的承诺

你是风吧
这样的故事使每一棵小草低下头
寻找她的足迹
你是火吧
让远处的飞蛾带回各种音讯
没有她的消息
飞蛾消失在你的火焰里

我是个普通的人
走过这条街便会没入人海
没有一点儿浪头
内心摇晃得厉害
理智在一旁小声嘀咕
痴心的你在进行枉然的等待

老街染上了你痴情的颜色

石阶发出青光
古树上的花落得一瓣一瓣
落在风里的
落在雨里的
落在想念里的
统统染上了你痴情的颜色

你说
她的眼睛是灿烂的星星
她的笑容是美丽的云霞
她的发丝是住着仙女的森林
你不惧怕时间
从前世到今生
她在你心里愈发动人

奇幻的故事驱走了劳顿
我为自己先前的嘀咕露出愧色
空气在斜阳中颤动
叮叮当当的风铃声
陪伴着你的讲述
我在听，我在听

你说

一年，又一年

一年，又一年

残月到满月，满月到残月

大雁飞走又飞回

燕儿飞回又飞走

你没离开过老街

街角的墙壁上，你为她画像

她的容貌是你心中的珍宝

画像上，人们只看到背影

你说

你为她歌唱，低声地唱

与春天的嫩叶

夏天的百花

秋天的荒草

冬天的冰雪合唱

把静静的等待唱进四季

你说

任时光怎么流转

蓝天是一样的蓝天
星空是一样的星空
为等她，你成了老街的看守
你看着一个又一个人走过
总是为她感叹：回来的路真难寻

我，多么幸运
遇到了真挚的人
不可名状的感觉
驱使我相信听到的每一语每一言

星光洒下
斑驳的老街
被时间推着
离曾经越来越远
你的全部，就在老街

隐隐约约
脚步声近了
一个如你所言的女子
站立在那里

星光中，墙角的苔藓葱翠
夜蝶纷飞
预料中的她
牵着你的手
与你并肩

脚踝、脚踝
看见了、看见了
那女子的脚踝处
真真切切的一朵
前世的玫瑰
……

清晨的雨滴落在窗台
我从老街一处旧屋醒来

句子终于躺在纸上，真庆幸。我也应该把散步时的思绪记下来，把读大营盘这本线装书的感想记下来，把那些即将成诗的文字记下来……把这些统统排列成一行行起起伏伏的文字，也许多年以后，这些都会成为我生命中的珍宝。

寻访老井沙里的老井

三十年前我有过一个心愿——找到老井沙里的老井，这个心愿在二〇一九年三月终于实现了。

这个心愿源于一个故事。第一次听到老井沙故事的时候，我还是个孩子。当时三姨一家在布尔陶亥小学北面的平房里住，到王爷府走路几分钟就到。我和三姨邻居家的几个孩子总去王爷府玩儿，王爷府门口左手边有一个供销社，我们在那里听到人们讲老井沙的故事。人们说，清朝，乾隆只身寻父，在沙里走到第七七四十九天的时候，人困马乏，口渴难耐，所带饮水早已喝完，眼看走不出这片沙漠了。就在危难之时，乾隆的坐骑用左前蹄使劲刨，一会儿，沙里便流出一股流泉。乾隆喝了水，恢复了精神，马儿喝了水，长了力气，一鼓作气便下了江南。后人围着这眼泉砌了一口井。

我们几个黄毛丫头总是商量着要去找找这口神奇的井，看看井里神奇的泉眼。当然，我们没去，几个娃娃连北都找不着，怎么可能找到藏在库布其沙漠里的一口井呢！

一个故事在心里存上三十年，久了，也就信了。

这几年在布尔陶亥工作，我有意无意地打听老井的事儿，听到了更多的版本。“老井是康熙皇帝打猎路过咱这里时发现的水源。”“跟皇帝没关系，就是开荒打的井。”同一个地方，不一样的说法，让我质疑起三十年前听到的故事，老井到底是不是跟乾隆有关？它到底跟谁有关？

带着这些问题，我找到了一位九十岁高龄的老乡，问他知不知道老井的事儿，他给了我这样一个答案：“我大（父亲）小时候在沙里头玩儿的时候就有老井啦。那口井不是开荒用的，那边上就种不成地。它跟皇帝有没有关系我就不知道啦……”这位老乡已是九十岁高龄，他父亲小的时候就在老井附近玩儿，这么推算，老井至少也有一百多年的历史了。我还咨询过当地一位八十岁的旗档案局的工作人员，答案是老井可能与康熙有关，但没有充分的证据。

当我看到了郭钱乐的文章《康熙第二次亲征噶尔丹时的鄂尔多斯》时，一切疑惑都找到了答案。文中提到康熙三十五年（1696年）春至康熙三十六年（1697年）夏，在短短一年时间里，康熙皇帝亲率大军三次西征攻打准噶尔部噶尔丹，最终取得了胜利。在三次亲征过程中，他两次来到鄂尔多斯地区。十一月初三上午，康熙乘船渡河到达准格尔旗境内。渡河后，骑着马打猎四小时左右，申时渡河返

寻访老井沙里的老井

一条新铲出来的沙土路，通向一个古老的传说。

回驻地。此次打猎，是康熙首次进入鄂尔多斯，他说鄂尔多斯“围猎娴熟，雉兔复多，此地虽有沙岗，然兼平地，草多丛生，驰骋并无可虑。朕自幼闻鄂尔多斯之兔，今请见之”。初六，康熙等待大军全部渡过黄河后，率大军前往东斯亥驿站驻扎。东斯亥又名“多素哈”，位于准格尔旗十二连城乡附近，是康熙三十一年（1692年）为应对准噶尔的战事需要，在鄂尔多斯境内设立的驿站。初七、初八仍驻扎于此。史料里明确记载了康熙在准格尔旗境内停留的时间。康熙善骑，喜狩猎，军队驻地至老井直线距离也就十几公里。康熙到老井附近打猎是极有可能的，那样的话，这口老井就有三百多年的历史了。

想象一下，三百多年前，一位威武的皇帝骑着毛色油亮的马，旁边有几个护卫，一路追逐着动物从黄河边水草丰美的草场到了一处沙梁。日头正烈，需要补充水分，低头一看，沙洼处有一眼明泉，水清冽冽的。康熙下马，捧起清泉，一饮而尽，那叫一个爽快。皇帝喝罢，赏众随从畅饮泉水，众人称赞泉水甘甜。

故事里的事未必可信，但沙漠里有这样一口老井是事实。

三月，这天没刮大风，一个临时组织起来的寻访小队出发了。向导是单位的同事——一位土生土长的本地人，队员是我和驻村工作队的几个人。向导按照曾经的记忆，找到从水泥路往右拐的小路口，我们上了小土路。这土路坑坑洼洼，像是多年不走车了。没承想，拐了几个弯，又绕回了水泥路。我们继续往前走，一条新铲出来的沙土路挺宽，我们沿着这条新沙路往前走了不到一公里，向导说右手边像是

起起伏伏的沙梁沙洼，不远不近的灌木，稀稀疏疏的几棵树。

以前去老井的路。像吗？我仔细观察，才在柠条和沙柳中间看到了一条隐约走过车的路。开车的李书记（驻村第一书记）技术一流，越野车拼命发力，在这样的路上又行进了差不多一公里。面前没有路了，四周地形差不多，起起伏伏的沙梁沙洼，不远不近的灌木，稀稀疏疏的几棵树。

向导不敢往前走了，我们几个便下了车，爬到沙梁顶上，四周望望，看不出个所以然。向导拿着手机咨询，但信号不稳定。我们也拿出手机，试着用导航软件找。没承想，导航软件里真有老井沙，而且离我们不到两公里。我们太高兴了，没有细想，叫上向导，从这条早已废弃的路撤出来，按着导航指引的线路重新走。半个小时过去了，我们从水泥路往十二连城方向走，发觉不对劲又折回来。导航也没能把我们带到老井沙。

那天真晒，我们几个人都热出了汗，也许是急出的汗吧。几次尝试，几次失败，老井就这么难寻?

向导的咨询电话终于打通了，我们需要顺着那条新铲出来的沙路一直走，走到头有一个沙站工作用房，之后步行找到一些新疆杨，然后就能找到老井了。按照这个路线，我们到了一个小沙梁，远远地看见那些自由生长的新疆杨，杨树附近，有一片芦苇。真让人意外，沙里居然有芦苇！我几乎是跑到芦苇边的，早春，芦苇是干枯的，但能看出去年它们是多么生机盎然，多么充满活力。

老井就在附近，但我们五个人细细找了一遍都没找到。老井呢?

一回头，一截老木头吸引了我的目光。走近一看，木头早已腐烂，一处藏在草丛里的井口就在它旁边。人们说的砌井的砖没有了，木质的井涵也没有了，只有一个小坑，落寞地讲述着关于过往的故事。

看着这个小坑，我说不出话来，心里五味杂陈，找不到用什么词才能表达清楚这复杂的感受。寻访老井，找到它应该就是结束了吧，但我心里总觉得应该是开始。这么有传奇色彩的一口井不能只剩下这么个坑吧?

那么美

总有人说要去远方，徒步也罢，驾车也罢，乘船也罢，坐飞机也罢，总觉得越远越好。远方虽美，但身处北方小小的苏木，到处都是美好。这里四季分明，庄稼都是严格按照春生、夏长、秋收、冬藏的规律来的。老乡的生活就是活脱脱的田园风光图：闻鸡鸣而醒，炊烟温暖清晨，喂猪、喂鸡，再喂小猫儿、小狗儿，农忙时田间地头，农闲时聊着天喝点儿小酒。虽做不到满屋书香晴耕雨读，但小朋友的琅琅书声总会跑到耳中。

有几天苏木的空气好极了，感到丝丝湿润。抱着把葡萄干变成葡萄的心态，我做了个补水面膜。幻想着退休后，重来这里，购个小屋，琴棋书画诗酒花茶。忽然想起了一句诗：“你不来，江山有多美都是浪费。”套用一下吧，你若不来，苏木这么美都是浪费。

乡村景致那么美，你负责夸就好了。

盛大的节日时，总能见到穿着节日盛装的蒙古族老乡，那艳丽的色彩与灿烂的笑容，是节日中另一番美丽景象。我很喜欢蒙古族服饰，借着工作地是苏木的由头，为自己添置了几件，有马甲、上衣、裙子、袍子，但都是改良版的，融入了很多现代元素。

我心底里还是喜欢传统的蒙古族服饰，尤其是帽子、衣领、袖口、袍服边、靴子、荷包上的刺绣。刺绣的图案不单单是为了好看，每一种都有象征意义，有的喻意富贵，有的表示生命繁衍，有的象征吉祥如意。

蒙古族服饰那么美，你负责夸就好了。

这里的孩子天真质朴，黑溜溜的眼睛一闪一闪的像是会说话。有的孩子认生，你去他家时，他会躲到大人的腿后，那眼神分明就是害羞了，等你想摸他额头时，他早已嘻嘻哈哈地跑开了。有一次，我因为工作原因入户调查，调查问卷结束后，工作人员与老夫妇聊天，我看到旁边屋子里一个小孩子坐在小凳子上看电视，就走了过去，发现旁边的桌子上还放着作业本。我想拿起来看看，原本看电视入迷的小男孩扑过来拿小手护住了那几行字。

“作业吗？你上几年级了？”

小男孩不说话，仰起小脑袋，黑眼睛一眨一眨的。

“阿姨家有个小侄女上学了，写作业挺快的，你写作业快不

这里的羊，喝的是矿泉水，吃的有中草药，跳的是街舞，肉质好得很。

快？”

小手慢慢放开了，非常宝贝地边摸边说：“这不是作业……”

有拼音、有汉字、有圆圈、有方块，我看不出个所以然。小男孩小声说，中间是他的名字，几个圆圈是姥姥、姥爷、爷爷、奶奶的名字，拼音加方块是爸爸妈妈的名字，他用小手把名字拢着，说：“我们是一家。”

家，是为孩子成长遮风挡雨的伞；家，是远飞打拼的家人牵挂的巢；家，是时光渐远时白着双鬓慢慢聊的话。不管是小屋还是大厦，只要家人在，家的温暖就在。小男孩对家的爱，在眼睛里，在作业本上，纯纯的，静静的。

有一种爱很美，你负责夸就好了。

早晨，砖茶在水里熬得下了色，勺子把茶水扬了又扬，茶水由涩变滑，加入牛奶再熬一会儿，加少许盐，香味四溢。滚烫的奶茶出锅了，碗里加些奶皮子、酪胆子、炒米、牛肉干或是煮好的羊骨头、牛骨头上剔下来的肉，再加上点儿酥油，简直太美味了。

说到吃，不得不说这里的烤羊肉。

夏日里烤羊肉最有意思了。农家乐开在鱼塘边，水面上映着星光、月光和炉火光。塘边的开阔地上，木炭味与烤肉的香味刺激着嗅觉，时不时咽一下口水。人少时烤一条羊腿足矣，人多时就需要烤一整只羊了。烤羊肉时，农家乐的老板总是愿意这样告诉游人：“布尔

暖暖远人村，依依墟里烟。

狗吠深巷中，鸡鸣桑树颠。

陶亥的羊可好了，喝的是矿泉水，吃的有中草药，跳的是街舞，肉质好得很。”游人和老板一起笑出了声，在笑声中烤出的羊肉好像分外好吃。这里的食材很健康，吃什么都觉得嘴巴很幸福。

食物这么美，吃了就得夸，对吧！

宿舍就在办公楼的后面，不远。周一至周五我把单位当成家。夜色罩着小小的苏木，夜色美时便不觉得孤寂。夜晚，天空中有着最绚烂的繁星，只要你愿意抬头仰望，那些星星便使足了劲为你闪耀。到苏木工作的第一个晚上，抬头发现这么亮的星空时，我大声说着：“太美啦！太美啦！”同事习以为常，不觉得有什么。我很长时间没见过这么多星星，这么亮，当时我的大呼小叫可能有些矫情，但那是我真实的感受啊！

看着月圆月缺，看着繁星点点，看着我根本叫不上名字的各个星座，心里莫名地涌出一股暖流——在煤炭资源型旗县里，布尔陶亥苏木的天空应该是最纯净的天空了吧。接着，我又生出一丝莫名的担忧——“烟囱”别来了，让这里的老乡们守住这青山绿水，守住这净美星空……

春风狂

这些天，大地上看出去还是或深或浅的褐色，但感觉灵敏的动物们已经触到了春天的丝丝气息，狐狸、羊、喜鹊在同一片牧场和谐同框，沙梁上、小河边的红柳也泛出了些许颜色。春风浓重地吹着，头发凌乱的我突然意识到，纵使疫情仍在，春天毕竟还是春天。

春天里春风跑着步赶来。春风在我的理想中应当是温柔的，轻轻吻着杨树、柳树的枝条，微微吹皱布尔陶亥坝里的水，悄悄在山坡的枯草下藏些绿色，暗暗抚摸小鸟的羽毛，稳稳地将风筝送至空中，偷偷地将孩子们的笑声传到远处……但布尔陶亥苏木的春风与我理想中的春风大相径庭。

布尔陶亥的春风多变化，有时柔些，有时狂些，这几天便吹得生猛。站在风中，我后悔把棉衣收起来了。风轻易地穿过厚外套，钻到毛孔里，汗毛“嗖”一下子都竖了起来。如今的春风虽然狂些，但

布尔陶亥的春风，任它狂吧！

没有夹杂沙子。回想二十年前的布尔陶亥，那时春风是相当粗野的，一刮便是黄漫漫的整整一天。沙尘暴刮到脸上，小小的沙粒也发威，打得脸生疼，而且一不小心就眯了眼睛。摸一摸脸，感觉脸皮都变厚了。洗了脸之后，脸盆底上有一层细细的沙。那时不敢轻易洗衣服，晾在教师宿舍外的衣服被春风蹂躏过后，小细尘怎么抖也抖不掉，比没洗前还脏。

夜里，风不停，窗户外“呜呜哇哇”的，听着让我难受。虽然一直生活在北方，但大风声总也听不惯，越听越不敢睡，把头埋在被子里，声响却不觉得变小，反倒是呼吸不怎么顺畅。好不容易才睡着，梦里却走不出刮风的荒野，依然逃不出这春风的魔爪。早上双目无神，盯着镜中一头乱发顶着“熊猫眼”的人，都有点儿认不出来了。

风声，总让我心神不安，两只手搓了又搓，盯着手背上干皱的纹路，再涂一遍护手霜。风声继续传来，都有点儿不想把脚迈出门去，怕迈进风里的心被吹冷。再者说，我的体重还得增加一些，风劲儿太大，我都站不稳当。

春风，你狂个什么劲？我的脑子里有个念头，便是和春风吵一架。我冲着风却张不开嘴，只要张了嘴，风便一头钻到肚子里让人又凉又痛。对风，我真是没有办法。不仅仅是我没有办法，那些干草团子、干玉米叶子更是没有办法。风一吹，干草团子满地打滚，干玉米叶子更是天上地下乱作一团。这风把大地揉得一点儿脾气都没有。

但转念一想，苏木的春风没有点儿暴脾气怎么踢开冻着的土地，怎么让平塔塔（方言）、圪梁梁、阳湾湾、阴坡坡从沉睡中醒来？用不了多久，春风便会催动田野里各种植物纷纷苏醒。春风还会催动备耕的老乡们，把粪肥洒到田里，把种子备齐，播种新一年的希望。

布尔陶亥的春风，任它狂吧！

寻春色

微信扫码
· 苏木风光
· 时光照片
· 声动心弦
· 电子书

昨天的春雨很顽皮，细雨中夹杂着些许碎碎的雪粒，从空中那层厚厚的看不透的云中落下来。抬头闭眼，一会儿脸就润润的。想着雨中会不会藏着前几天那漫天的沙尘，伸手去接，细雨和碎雪在掌心都成了清冽冽的水。这场春雨呀，洗净了天空、湿润了空气，应该也唤醒了酣睡了一冬的大地。

寻思着春雨之后去寻春，但早春的清寒还在，春色隐着，我应该去哪里寻春呢?

春色需要细寻，在北方，春应该是素淡却有生命力的颜色。细细寻找，一定能找到春天落脚的地方。

微风还有一缕寒意，走到旷野，背阴处有一些未化尽的白雪，阳坡上满是过了冬的枯黄的草，要找出一点儿别的颜色有点儿难。低头细瞧，想找那么一两棵勇敢破土的小绿草……也许，那微风中的寒意

春应该是素淡却有生命力的颜色。

细细寻找，一定能找到春天落脚的地方。

让小草迟疑了，也许它们还在等待吧……

站到小山包上，发现一排一排的沙柳还没发出芽，枝条的颜色却生动得很，那是去掉了灰色调的红，红得纯粹。走近，这些红色枝条上已经鼓起了一个个小包，一副即将萌发的样子。想寻找素淡的春色，却遇到了浓烈的红。

穿过旷野，时间有点儿慢吞吞的。高空中出现了一个黄色的小点，难道是只鸟？什么鸟有这么明亮的黄？盯着细看，不像。那小黄点慢慢地下降，越来越清晰了，是支风筝，放风筝的人却瞧不见。风筝随着微风飘动，看起来春风也有了颜色，与风筝的颜色相同，那么新鲜，那么嫩。

折返，回程，先前看到的枯黄中似有淡淡的绿色。为什么刚才没有看到呢？我低头看了那么久也没有发现一两个冒尖的嫩芽。也许是只关注了那小小的几寸土地吧，望远些，望宽些，那陈草中的微绿就显了出来。

路边的杨树枝上，长满了红色的“毛毛虫”，一个个随着微风扭动，居然是很肥美的模样。等在树下，没掉下一只“毛毛虫”来。不等了，过些天，满树的“虫儿”尽落，随手便能捉来一只。有些杨树与这些杨树不同，开始长出来的穗是黑褐色的，后来变成绿色的小穗，这样的杨树过些天就会有白色的棉花般的杨树毛毛，风一吹，杨树毛毛轻飘飘的满天飞，看起来很美。杨树毛毛的景我是不能近观的，因为过敏，只能避而远之。

大家已迫不及待，
唤醒沉睡一冬的大地。

拿出手机，朋友圈里有人晒春花开放的小视频。视频中的枝上大部分还是花骨朵，有几朵花刚刚绽开，白色的花瓣生机勃勃。视频中只是一枝，看不到树的全貌。我不禁去想，如果我在乡间有一处小院，一定要种棵杏树，春天满树花开时赏花，夏末金杏满树时获些美味。院前院后还要种些自由生长的树，当春的脚步近了，那些树便会响亮地提醒院中人。

一对母女走在路边，穿着颜色鲜亮的春装。相比穿着厚重的冬装的人们，她们看起来轻盈活泼。小女孩脸上是纯真的笑容，笑声径直跑到我的心里。那笑声像一滴清泉落入水中的声音，像一只鸟起飞时翅膀划过轻风的声音，让人心里一颤。也许是春天让她的笑声如此美好、笑容如此灿烂吧。小女孩手里拿着七彩的小风车，春风轻吹，风车转成了一圈圆圆的彩虹。此时，春色竟如此多彩。

春天悄悄地为这里着色，我怎么如此迟钝，今天才看出些许端倪。初春已到，暮春还早，心里怎么突然生出不舍？也许是我还没有张开双臂紧紧拥抱春天，就开始感怀于未曾到来的离别。

一场花事

微信扫码
· 苏木风光
· 时光照片
· 声动心弦
· 电子书

北方，四月，有种小小的白白的花在绿叶还没有来得及反应过来的时候，就理起了俏丽的妆容。这是杏花带来的热闹，不管是成林成片的大热闹，还是一株一枝的小热闹，总让人心生欢喜。那一朵朵娇憨的小花，有一点儿纤弱，但一朵又一朵地聚集起来后，就能生出坚韧的、不可覆灭的力量。这种力量催动着大地的生发，催动着人们对美好的向往。在不经意间，这场花事，肆无忌惮，漫山遍野，让这里的春天呈现出最美好的模样。

准格尔旗为这场隆重的花事举办了一个节——杏花节。人群熙熙攘攘，树下热热闹闹，杏花频频入镜，大家都想赶在最好的时候与杏花邂逅。

我没争没抢，没挤没攘，在这个春天，最好的相遇也许是与杏花一路绽放，一路生发，一路盛大，直至凋落。

与杏花相遇，与美好相遇。

我想，杏花配酒可以抒发感情，不然唐朝的司空图怎会写下：

寄花寄酒喜新开，左把花枝右把杯。

欲问花枝与杯酒，故人何得不同来？

我想，杏花繁盛心情便会灿烂，不然，宋朝的欧阳修怎会写下：

绿桑高下映平川，赛罢田神笑语喧。

林外鸣鸠春雨歇，屋头初日杏花繁。

我想，杏花伴雨可以寄相思，不然清朝的佟世南怎会写下：

杏花疏雨洒香堤，高楼帘幕垂。远山映水夕阳低，春愁压翠眉。

芳草句，碧云辞，低回闲自思。流莺枝上不曾啼，知君肠断时。

杏花在诗句中，或喜或悲，或俏或愁。杏花在这方土地上，或一树孤傲，或三五相伴，或百亩成林。我不禁想问，这些绽放杏花的杏树能活多少年？

我印象中最老的杏树在纳林老家的后院。爸爸说，老家后院的杏不管是成林成片的大热闹，还是一株一枝的小热闹，总让人心生欢喜。

树有五十多年了，那棵树是爸爸十几岁时栽下的。爸爸还说，顺着纳林的老屋下到坡底，还有棵杏树应该有一百来年了，那棵树在爸爸小时候就是棵老杏树了。关于杏树可以活多少年，我没有过多地探寻，感觉有这两棵树就足够了。老杏树会发出一种声音，那是一种可以让生命再度焕发生机的声音。老杏树尚且如此，更何况年轻的杏树呢。

一场春雨，细细轻轻，湿漉漉的如同烟雾。这雨轻柔地抚过杏树与那枝上的朵朵杏花。雨中气温转凉，心中生出一丝担心。这场春雨后，杏花会被打落吗？春寒后，杏花会被冻伤吗？抑或一阵春风后，杏花会被吹落吗？那繁花盛开的树仿佛在轻轻地回答我：“当你经过的时候，最好是朵朵绽放的时候。如果没遇到朵朵绽放，而是满地落花，请不要伤心，那是我们相遇的见证，也是我们来年相见的邀请。”担心缓缓消散，心情放晴。

在春天这场花事中，与杏花相遇，与美好相遇，心里便是满满的，觉得这个春天美丽得无与伦比。

收秋

收秋，收什么？

收春天种下的希望，收亲人们聚在地里一同劳作的温情。

这几天，准格尔旗布尔陶亥苏木一派忙碌的景象。田间的庄稼被秋日的阳光、雨露滋润得饱满丰润。布尔陶亥的土地上收获的大多是玉米，还有高粱、谷子、糜子以及豆类，当然，土豆、红薯少不了，秋菜种类也很多。此时，这些农作物已在田野翘首盼望老乡们把它们接回家了。

乡村的田地里繁忙热闹着，大块田间，联合收割机、拖拉机、三轮车来往穿梭；小块田间，或隐或现着人们辛勤劳作的身影。收秋，对于农民来说是一件神圣的、极为重要的事情。在田地里的耕耘马上就有了成果，一年的劳作就要变成收成。这个时节，人们被太阳晒得黝黑的脸上带着喜悦，无论是见到熟悉的乡里乡亲，还是遇到从城里

秋天之所以是金秋，也许这是原因之一吧。

回苏木帮忙的亲戚，大家都会热络地打招呼、谈收成。谈话大多是在劳作间短暂休息时进行的，人们在田垄上喝一口保湿杯里的浓茶，吃两口中秋节买下的月饼，然后回到地里接着干活。

地里玉米长得喜人，粗壮的玉米秆虽然已经消瘦下来，阔长的玉米叶也变得枯黄了，但玉米棒子胖嘟嘟的，玉米粒硬是从包裹在身上黄绿相间的外皮中挤出来。玉米笑得一点儿都不含蓄，露出了金灿灿的牙。

勤劳的老乡正把一排排整齐的玉米秆割倒，动作看起来轻松娴熟。割倒的玉米秆整齐地躺着，等这块地的玉米秆全部割完，再统一把玉米棒子掰下来。黄灿灿的玉米棒子最后会在农家院里或场面（晾晒粮食的场地）里亮相，有的平铺成金色的毯子，有的堆成金色的垛子，有的悬在屋檐下编成金色的辫子。秋天之所以是金秋，也许这是原因之一吧。

查了一下资料，玉米从美洲传入中国的时间大概在明代中期，最初种植玉米的地方不太多，现在我国的玉米种植范围非常广。从东北平原经黄淮平原到西南地区，形成了一条“中国玉米带”。玉米的名字也比较多，我们熟悉的有苞米、棒米、棒子、玉茭等。记得以前我们一直把玉米叫作玉茭子，这里还有一个小故事。在街道办事处工作时，同事的老公是外国人。有一次同事的妈妈说晚上给大家煮玉茭子吃，洋女婿听了很高兴。等到晚饭，同事的妈妈端了一盆煮玉米上来的时候，洋女婿一脸不解地问：“不是说吃‘鱼饺子’吗？”一家人都乐了。

收回来的玉米晒干以后就要脱粒。现在玉米脱粒大多是用机器，我奶奶在世的时候，收秋后玉米脱粒几乎全靠手工。深秋的晚上，火炉子温热，因为做晚饭时，炕炉里的热量很多留在了火炕上，家里很温暖。煤油灯虽然暗，但发出的光是金色的，煤油灯下玉米棒子居然发出幽幽的光。奶奶给玉米脱粒很有仪式感，干玉米棒子一定要装在一个精心编制的笸箩里，一旁放一个空的黑瓷盆准备放脱下来的玉米粒，然后找来一个手工做的木质小凳，正式摆开架势。脱玉米粒时，左手先拿起一根玉米棒，右手拿改锥在玉米棒上通身先去一排玉米粒，然后把改锥放下，用手把一排一排的玉米粒搓下来，一会儿工夫，一根玉米棒子便脱完了粒。我看见感觉很轻松，便学着样子用改锥去粒，没承想右手一滑，改锥伤了左手。奶奶见了心痛，便不让我继续。我不用改锥去粒了，只好用手搓，搓了几排后，右手大拇指和手掌靠左的部分就通红发痒，很难受，但我不吱声，一直与奶奶一起干活。奶奶只有在这时，才会给我讲狐狸精、弟兄两个、牛郎织女的故事，奶奶会讲的故事不多，但我听多少遍都听不够。故事讲完了，黑瓷盆里便装满了玉米粒，笸箩里原先的玉米棒子变成的玉米轴轴（方言，学名叫玉米穗轴）。奶奶过世很多年了，我也很多年没有给玉米棒脱过粒了。

田里的谷子腰弯得真低，低得快要亲吻到大地。

他们扬起的是收获的喜悦。

黄澄澄的谷穗儿饱满，微小的米粒结成的秋实，只要有点儿风便摇呀摇。穗上的米粒是那样的小，单个的米粒小得你几乎拿不住。这其貌不扬的小米粒，展示着农作物在干梁地上生长的顽强生命力，老乡把它叫得亲切——小米。

大多数人家会留一块地种它，这几天，该把小米收回家了。收谷子用的是镰刀，比起收玉米，收谷子的人更累，因为割谷子的人必须把腰深深地弯下。割时把谷秆和谷穗一起割倒，这么做比较慢，但可以一次性完成收割，不用二次收谷秆（有的人家会剪谷穗）。老乡弯曲的身影被汗水湿透，在干燥的秋天里看起来湿漉漉的。

地里除了收谷子的人，还有一个“人”，它是“吓鸟老汉”。这个“人”一直尽职尽责，把想到田地里祸害谷苗谷穗的鸟都吓跑。只是这个“人”几个月只穿一件衣服，风吹日晒，这件衣服已经看不出原来是什么颜色，并且多了几个破洞，尤其是那顶草帽，已不像样子了。老乡把它请到地块边上，支衣服和帽子的木架子留着，明年还得用呢。

在城里上幼儿园的外孙女回村了，跟着姥爷姥姥一起到田里割谷子。小孩子的任务主要是玩儿，一会儿揪根狗尾巴草，一会儿躺在驴车上，一会儿又缠着姥姥姥爷问小米的事。“小米加上步枪是不是顶厉害的武器？”“小米真的能养活人长大？”“妈妈生了我后真的喝了一个月的小米粥？”面对孩子的问题，姥爷姥姥听了笑笑，任由孩子继续问下去。地头上跑来两只母鸡，不知是谁家的。它们盯着谷穗，小女孩想要过去赶走它们，姥姥叫住了她。两位老人收割这块地需要两整天的时间，离太阳落山还有一些时间，他们本想再多割点儿，小女孩在肚子上画圈圈说饿了，于是老两口收拾地里的家伙什赶车回家。

小米真是家人之间温暖的牵挂。前几天，邻居阿姨打来电话，她听说准格尔旗的旱地小米特别有营养，让我帮忙买点儿寄过去。我说："超市里卖的小米也挺好的……"没等我说完，阿姨说她闺女要生二胎了，吃的喝的想给准备点儿好的。原来如此，我赶紧跟苏木里的老乡打听，谁家种的小米没上化肥和除草剂，一打听，好多家都是。过几天等打完场，我就把小米给阿姨寄过去。想象着阿姨给她闺女熬好了小米粥，只要一勺米汤，亲情就会得到幸福的喂养。

其实，收土豆也有很多记忆在。

秋日下午
我是农夫，农夫是我
用铁锹寻找地里的珍宝
土豆没有绕行或躲藏
甘愿被挖起
带着大地母亲怀抱的味道
不言不语

收秋的人们，随着太阳落下都回了家。

一颗土豆也好，一地土豆也好

在秋日里不成画

只是夜以继日地养活着

世界上三分之二点五的人口

这首小诗是我在二〇一六年十月写的，当时也是收秋的时候。我写土豆，缘于对它有一种说不清的情愫，也许是离不开，也许是习惯了。

深秋的土豆蔓没有多少生机了，有的已经彻底干枯，土豆却在大地的孕育下茁壮成长，田地上的小裂缝像极了妊娠纹。一锹下去，多胞胎便出生了。拿锹起土豆相对轻松一些，捡土豆会累些。我干过收土豆的活。我不会用锹，只能拿着箩头（一种柳条编的有提手的筐）老实地捡土豆。站着弯腰捡根本行不通，蹲下来捡最方便，但我只能跪着或坐着，蹲着大腿实在是痛得受不了。土豆丰收时，几棵土豆苗就能捡一箩头土豆，捡好后装在尼龙袋子里。地里的活儿看起来简单，做起来就是另一回事儿了。我趁大伙干得欢，在地边拢了一堆干土豆蔓，点着后扔几颗现挖的土豆进去，怕烤得太糊，随手捡了根树枝来回扒拉。土豆熟了，香味飘向大伙，“呼啦”一下，大家都来吃野地烤土豆了。也不知是谁，拿出一小袋方便面调料，于是大家轮着往烤土豆上撒，出奇的香。

苏木这儿的老乡家里都有窖，用来存放土豆或别的蔬菜。土豆从田里运回家按大小先分类，个大的土豆留着给人吃，放到窖里存着，够吃几个月的。个小的土豆喂猪，装到袋子里或者干脆堆在一旁。土豆不能受风受凉，变绿变麻就不能食用了，户外的土豆堆上会盖一层厚被子。

大多数人家做饭的第一个步骤就是削几颗土豆，不管做什么菜都用得着，做烩菜需要土豆，炖肉放土豆也好吃，做粉汤加点儿炸土豆条别有风味，吃面条时也可以熬个土豆臊子，还可以蒸个土豆丸子，或者干脆炸土豆，配一碟小菜和一碗粥就是一餐。其貌不扬的土豆没有昂贵的身价，朴实地为世间提供蛋白质、矿物质、维生素。我的饮食中离不开它，已经习惯了。

收秋的人们，随着太阳落下都回了家。苏木的夜比较静，因为静，所以可以更真切地听到从农家院里飘出的朴实的言语。老父亲不怎么言语，老母亲计划着收成中哪些是要给儿女们拿走的，哪些是留着自用的，哪些是用来出售的……

『丰』光好

秋天，看着地里的收成，我的心里总会升腾起一种自豪——我们中国的农民真了不起，用世界上百分之七的土地，养活世界上百分之二十多的人口。在我的心中，布尔陶亥苏木的农民是最可爱的。他们日出而作，日落而息。他们情是沸的，心是静的。他们淳朴实在、温和善良……我喜欢跟他们聊天，更喜欢看他们笑，那笑从嘴角溢到眼

一朵朵幸福的花绽放在脸上。

角，一朵朵幸福的花绽放在他们脸上。

九月的丰收节，老乡们拿出自家的“宝儿”，在苏木广场上展示着。得了奖的老乡笑容格外灿烂，我收获了一张又一张笑脸。我忙着看这些笑脸时，一张无奈的脸出现了。我心里“咯噔”一下，走过去与这位老乡攀谈起来。

“叔，今天咱家拿什么比的，得奖没？”

“拿了点儿糜穗子，没得奖。刚刚称重，那个比我的重下一两多。”

“一两多？”

“是了哇！”

“今年家里头种甚来来？”

“前半年旱，玉米种得少。六月份来雨了，家里头二十几亩地尽种成糜子啦。”

“二十几亩？可是多种了哇！”

“哦，比起那几年，今年糜子可是多种啦。我跟老婆儿天天就伺候这点儿地啦，看见了哇，可长好啦，拿来点儿穗穗，结果还是不行。”

我拿过那捆在一起的糜穗子，感觉沉甸甸的。

“叔，比不过人家，有点儿难活？”

“哈，不哇！从家走时给老婆儿夸下啦，说是拿上奖金回个呀……”

“叔，要不咱过个问问那家品种一样不？”

“是了，问一问品种是甚啦，明年我也种点儿……”

老乡要回了那捆糜穗子，向聚在一起唠嗑的人走去。他把双手背在身后，腰往直挺了挺，人比之前精神了不少。

我一直喜欢农民，我爷爷就是一个地地道道的老农。小时候，放中秋假，我总是跟着父母回老家，和爷爷奶奶一起收秋。当然，我负责的是坐在田垄上抱个葵花盘吃新鲜瓜子，或是和弟弟一起把地头的枯土豆蔓拢在一起，点着后烧点儿现挖的土豆，要不就是拔点儿“羊眼睛圈圈”吹泡泡。爷爷总是在地里忙碌着，不怎么说话，看着我和弟弟如此“收秋”还是一脸平和，不喝不骂。如今的我有点儿羡慕小时候，那口福呀……

回忆被一阵称赞声打断了。

“啊呀呀！一个葫芦一百五十斤？”

“是了哇，比我也重！”

“韩龙这个葫芦咋种的……”

“这个葫芦可是吃了劲啦，去市里头比赛就得了个一等奖，旗里头比赛那天放在舞台的当头正面，吃劲儿了，吃劲儿了！”

韩龙这个城里后生与同龄人不同，他从城里来到了苏木，租下三千多亩地，又是种地，又是养羊养牛，又是养农机，比农民还会与土地打交道。今年种出了大葫芦，是意料之外，也是情理之中，功夫不负有心人嘛。二雄也是从城里返乡的农民，在嘎查里经营着鱼塘、丰收在眼前、在田里……

农家乐，日子过得红红火火的。我佩服韩龙、二雄这样的新型农民，他们不做无意义的幻想，专注于行动，踏踏实实、认认真真地与土地打交道，把新的理念带到乡村，在老乡面前走出了不同寻常的农人路。

时光总是改变很多事情，但丰收的喜悦从未改变。

参加丰收节演出的老乡，画着精致的妆，穿着漂亮的蒙古袍，表达着丰收的喜悦心情。我也想像她们一样歌唱、舞蹈，火热地表达一回对大地的感谢。

周敏跑过来，有人要买农牧民手工艺品展区的东西，问我们怎么办。

“卖呀！当然可以卖！”

屈大姐制作的蒙古族耳饰大家挺喜欢，价格不高又好看。虽然是参展的，但也可以卖呀，有了收入屈大姐不是更有劲头?

在手工艺品展区，屈大姐制作的蒙古族头戴让大家看得眼馋，摸了又摸，看了又看。我是相当喜欢民族服饰的，看着精心制作的头戴，想象一下自己穿戴起来的样子，一定也很美。

这时一位盛装打扮的额吉打起了电话。“我回咱营盘啦，正看丰收节了。第一次见四斤的鲫瓜子，还有了，那条草鱼十五六斤重……”

丰收在眼前、在田里、在仓里，丰收在歌里、在舞里、在酒里。热热闹闹的丰收节只有一天，但丰收的喜悦一直在延续。

小姑娘的笑容干净又青涩。

丰收节后的一天，天色蒙蒙亮，宿舍楼顶的鸽子迎着崭新的阳光唱着歌。我开着车早早钻到村子里，新修的路上还能看出一层薄薄的水气。这弯弯曲曲的乡村小道上走过多少回村看望父母的孩子？多少带着爱意的土豆、猪肉、羊肉通过这条路到了城里孩子家的餐桌上？起风了，一阵轻且缭乱的风刮过，几片叶子落在了车玻璃上。有一片叶子半边黄半边绿，色调像极了路旁新房墙外的画，那画是一片草场上有一匹备着金色鞍子的马在驰骋。

苏木里这几年新房盖了不少，总能看到有小轿车停在院门口。这家的孙子回来了，穿上旱冰鞋溜一溜。那家的外孙回来了，追着猫咪要抱一抱。快乐像水，快乐像云，快乐像花，快乐的颜色像新收回的玉米，金灿灿的。村里的小空地上，几位穿着花上衣的大妈跳完广场舞准备回家。其中一位大妈边走边说，过会儿还得跟开收割机的司机师傅好好讲讲价。

太阳升得老高，清早的那点儿水汽早没了，苏木里一副秋高气爽的样子。熟透的庄稼满是秋的香味，头天在广场上“晒丰收”的老乡回到了地里。小块地里镰刀飞舞，连片的大田里负责收割的机械忙碌着。一个穿红衣服的小姑娘也在地里帮忙，我走过去，给小姑娘拍了张照片。小姑娘的笑容又干净又青涩。地头那边的高压塔架长长的电线上，叽叽喳喳的麻雀伸着小脑袋站了一排，七嘴八舌地谈论着，说的应该也是今年的收成吧。

丰收是秋季的热闹，更是老乡的期盼。丰收是农人的仓满，更是牧人的羊肥。丰收于我是什么？是眼前的一田一人、一叶一草、一牛一马，还是一个让人感到踏实的符号？

我心中起了一个念头，告诉那些不在此地的人们，就在准格尔这片土地上，离大家不远的地方，有一个秋天好“丰”光之所在，有一个让思绪“活”起来之所在。无论如何，你们应该来看看。

我看过，就在刚才。

深秋

在我眼里，布尔陶亥有着最浓、最真、最实在的深秋。

白色鸟巢一样的民宿小院外，小草地里落着橘色、棕色、褐色、灰色的秋叶，有的堆积，有的分散。秋风一吹，民宿边上的老杨树飘下一片落叶，这片叶半绿半黄，绿中带点儿灰色，黄中带点儿棕色，叶子打着旋儿飞舞翩跹，打我头顶飘过去，又落在了那片小草地上。打量着这座纯铝的可移动式建筑，一个念头生起，乡村的胸怀博大，容得下牧民的蒙古包和农民的砖瓦房；容得下曾经半窑洞式的地窨子和如今的小别墅；容得下老乡住的小院和游客住的民宿……

民宿前的水坝里，一只白色的水鸟一动也不动。我盯了它很久。它细长的腿妥妥地站在水里，身体僵硬地支撑着长脖子，脖子直直的，尖嘴冲下，眼睛应该也没眨。天那么明净，空中的云映在水里，水里细小的波纹一层又一层，水鸟的影子比它更有生气。我的精力好

这里有最浓、最真、最实在的深秋。

似用完了，准备起身走了。突然，水鸟的嘴迅速向水面冲了进去，一瞬间，捉到了一条鱼，一仰脖，滋溜一下吞到了肚里。捉鱼的那一刻，水鸟充满力量与生机，以它为中心的水面向外散开一圈又一圈的涟漪。转瞬，它又一动不动，等待着下一个捕鱼的最佳时机。水鸟捕鱼是一件需要独立完成的事情，也许和别的鸟儿一起捕，便不知道水里的真相了。

水坝边上曾在夏日里浓绿的苇叶已经没了颜色，稍远些，坝梁上的树却绚烂着，闪烁着金黄。深秋，布尔陶亥的天更蓝些，云更高些，风更妖娆些，阳光更明媚些。阳光洒在树上，闪动的树叶谱出一支金色的歌。这支金色的歌是全苏木的合唱，杨树叶子黄了，柳树叶子黄了，连固沙的一丛一丛的沙柳也随之变黄。

秋风一阵紧过一阵，树叶们像成群的麻雀一样一起飞到空中，然后一起落下。路上都是落叶，又是一阵秋风，地上的落叶打着滚，像活泼可爱的小精灵。风减弱了，落叶靠在一起停了下来。我忍不住踩了上去，脚下的叶子碎了，身边的空气里一下子充满了秋天的味道。我与魏超在“疯子的菜园”边上，谈起城里的落叶都被环卫工人扫走了，厚厚的秋日落叶之景总是看不到，可惜得很。他说：“落叶又不是垃圾，扫它干嘛。落叶应该交给秋风……”我收获了一句富有哲理的话。

“疯子的菜园”开始瘦身了，地里只剩下最后一点儿秋菜，今年的供菜季马上就要结束了。自从“疯子的菜园”上了内蒙古电视台

布布陶亥的天更蓝些，云更高些，
风更妖娆些，阳光更明媚些。

《新闻联播》，魏超他们一班人就更忙了，他们要把“疯子的菜园”拓展成“疯子的农场”“疯子的牧场”。听了他们的计划，眼前的秋景顿时充满了希望，与春天的希望一样。

土地整合后的大片玉米地里，联合收割机从南头开到北头，再从北头开到南头，在田地里画出了一条挨一条的直线，描绘出一幅简单又浓烈的丰收图。收玉米的商人就在地头上等着，空旷的地方秋风会更冷些，商人把胳膊抱在胸前，把黑色的大衣抱得紧紧的。村集体经济负责人穿着军绿色的大棉袄，没系扣子，与商人谈着玉米的成色、价格。一车又一车的玉米棒子过了秤、上了车，记录在本子上，合出的价格变成票子，可以摞成厚厚的一沓。

秋天穿什么才对，风衣还是棉袄？穿什么样的衣服不重要，只要穿得人自在就好。秋收结束后，农活儿不多了，媳妇们收拾起干活儿的头巾、旧衣服，换上厚实漂亮的衣服到临时农贸市场赶集。集市上，主妇们买什么不重要，重要的是聊天，聊今年地里的收成怎么样，聊家里挣了多少钱，聊猪肉价格还在涨，聊孩子又长高了一些，聊王爷府正在翻修，聊移民楼里供暖热乎得很。别看她们是有一句没一句地闲聊，其实呀，话里话外比着家里的收入，比着老公的本事，比着住所的优越，句句都是较了劲的。旁边卖花棉裤的小贩抬头看了又看，心里一定在想，大姐们，不买棉裤能不能别挡在摊位前面。

新镇区又有一户正在装修小楼，两户一幢，一看就是过得殷实的人家。供暖后的屋子里温度高，装修工忙忙碌碌，应该是过年要用落叶应该交给秋风……

的。家，不仅仅是一个场所，房子因家而有了生命。这幢小楼是一个温暖的港湾，是人被社会的涛声陶冶得过分严肃后，放松精神的一个归处。来过布尔陶亥的人总说，布尔陶亥是个适合养老的地方，汽车少，空气好，人不多，不吵不闹。其实，年轻人在这里有一个住处也很不错，在城里热闹腻了，就到这里享受一下田园风情，抒发一下乡土情怀。

苏木四季分明，春就是春，秋就是秋。季节的变化和岁月的交替实实在在感受得到。在布尔陶亥的深秋里，一粒粮食、一丛枯草、一刻清静、一缕炊烟、一星灯火都让人感到由衷的快乐。还有一种快乐需要在月圆的夜晚去感受。秋月洒下婆娑的月光，繁星围绕着明月，眼前一片朦胧，真实的世界有点儿像虚幻的梦境。周国平在《人生哲思录》里说："每个人在做梦的时候都是一个天才的艺术家，而艺术家也无非是一个善于做白日梦的人罢了。"深秋的夜晚，在有点儿冷的月光中，将自己沉醉其中，好梦连翩。做一个有理想的人，灵魂便有了寄托。有人劝我，四十岁了还是一个理想主义者，太幼稚，很可笑。但在秋月下，理想在梦中结了果，就像在真实的世界给自己一个交代。

理想主义也罢，现实主义也罢，身处这富有哲思的深秋，忍不住写下这些不成诗的诗句。

秋天，做一场金色的梦。

梦里头，美丽的诗与美丽的你相遇。
这种可遇不可求，是一种曼妙，是一种感激。
今天很慢，心里能感觉到被浪费的时光。
在金色的林子里晒着金色的阳光，
浪费一点儿时光又有什么呢？

走在松软的林子里，每一步都听到一个音符。
今年的落叶覆在去年的落叶上，
去年的落叶下还有更年久的叶子。
认真听，每一年的叶子都在唱一支金色的歌曲，
旋律中有生命、有轮回、有经过这里的你。

秋，是一瞬？
是的，在时间的长流中，它仅仅是一瞬。
秋，是永恒？
是的，金色的林子就是唯一的永恒。
我不能要求你，给我你的一生，
深深爱过后的别离，如秋，是否可以？

花繁叶茂的时节已过，寂寞？
不，不，不！

叶上斑驳，如你，如我。

一支只唱给你的歌，

在秋，幕起，

舞台下的观众只有你。

掌声伴着飞鸟经过，

这歌，竟是今秋的辉煌。

不会改变心意，不会改变誓言，

哪怕你牵着秋的手，与我分离。

一次倾心的相遇，总会留下些什么。

把留下来的，作为不灭的印记。

告诉相识和不相识的人，

在金色的季节里，我深深地爱过你。

旧院前的一棵果树，在秋里结满了一春和一夏。

你来过苏木里的一号院吗？

一座小小的院落，

一缕久违的炊烟，

一抹纯真的微笑，

一个你永远记得的日子。

时间在这天走得仓促，

你都没有认真和我打个招呼。

我一直痴痴地等你，

别让日子过成一朵还没有盛开就枯萎的花。

没有你的日子，

镜头前是自己，镜头后也是自己。

一个人，也是幸福的。

不必取悦别人，快乐自己不也是本分？

落叶写着这片林子的往事浓淡。

在这里，指缝太宽，时光与你都轻轻流过。

一辈子的长与短，

你懂的，只是矜持不语。

你好温和，靠着一点儿也不觉得冷。

不管身边的泥土沙石如何，

我只管伸出枝条，

只要有一枝靠着你，

在金秋，我会努力活出夏的美丽。

苏木的美丽，不是别人能知道的，

我只悄悄地依偎在你身旁，

一遍又一遍地说给你听。

秋天，做一场金色的梦。

我不是那片金色林子里的树，
我站在坡顶，一片叶子不剩。
我才不会委屈自己，活成谁都喜欢的样子，
在任性的时光里，肆意、开心。
终有一天，你会来到苏木，
带着一份诗意，送我一树花叶。
你会来的，我相信。
这里空中淡淡的云已发出邀请。
也许我的枝条被人们取走，
烤制欢迎你的羊肉。
我不害怕，那时，我会化入你的血。
永久，永久……

布尔陶亥的深秋，想写得太多，怎么书写都不及它风韵的万分之一。

（一）

雪花一片片飘下来，一丝风也没有，雪花就那么直直地投入雪地的怀里。我趴在窗台上，盼着有一小朵雪花舞蹈着来到眼前的玻璃上，仅供我一个人隔着寒冷欣赏。也许是离玻璃太近了，哈气打雾了玻璃，窗外变得朦胧。屋里看不清？哼，我到外面去看。

出屋时，母亲喊了一声，让我别走远，饭一会儿就好。

我忙答应了一声，便闪到门外。

北方农历十月底的天气真冷，我在小棉衣外头又穿了红色棉猴（方言，指有帽子的大棉衣，能盖住膝盖），白色的雪地上出现了一个红色的小身影。我伸出戴着母亲织的毛线手套的手去接雪花，真的接住了。雪花在毛线手套的绒毛上立着，没融化。我把雪花举到眼前，真美啊。雪花真的是朵花，一朵有着六个花瓣的花，有的花瓣是小冰柱，有的花瓣是小冰针，有的花瓣是小冰片，晶莹剔透，又好看又好吃的样子。我使劲把头仰起，嘴巴张得很大，妄图吃一大口从空中来的美食，可雪花顽皮得很，不往嘴巴里钻，却跑到了我那短短的睫毛上。我正为吃不到雪花而懊恼时，后背挨了一记雪球。一回头，弟弟穿着他蓝色的棉猴追了出来，还给我来了重重一击。还尝什么雪花，我转过身就与弟弟展开了战斗。雪下得够厚，双手一撮很容易就攥出个雪球，你来我往，干净的雪地被两个孩子搅得一团乱，就像一张被淡墨涂鸦后的画布。

母亲的声音传到耳朵里，“回家吃饭啦……”

我和弟弟算是听到了终止信号，暂时停了下来。我拉着弟弟的手往家走，趁他不注意，揪下他棉猴的帽子，往他脖领里灌了一把雪。此时，我们的战斗在弟弟的哭声中正式结束。

屋里真暖和，弟弟的眼泪像很多雪花融化后的样子。母亲应该是看出了端倪，但她没有责骂我，只是让我和弟弟赶快洗手。

父亲从厨房里端出一大瓷盘金黄金黄的软糕，我肚子里的“姑姑”已经叫了很长时间，看到软糕，我急匆匆地向还未放到桌面上的盘子伸了手。父亲说太烫，我把手停在空中一秒后，缩了回来。母亲盯着我，批评了一句“没规矩”。

我总是在饿的时候听到肚子里咕咕地叫，便问母亲，肚子里为什么会发出这样的声音。母亲说，我大姑照看过我一段时间，后来大姑

我最难忘的美味。

不照看我时，就在我肚子里放了个“姑姑”，在该吃饭的时候提醒我一下，省得我玩儿得忘了吃饭。听完后，我觉得大姑对我真好。

糕是父亲做的，这个吃食做起来程序很多。先在黄米面里加点儿水，把干面粉拌一拌。父亲的两只大手在面盆里翻几下，那些干面就结成了一些小面疙瘩。灶上的锅冒出热气，揭开锅盖，热气会透过笼屜和笼布跑出来。父亲把拌好的面在笼屜上匀匀地、薄薄地撒一层，一会儿浅黄色的黄米面就变成了金黄色。然后他继续撒拌好的面，有的地方熟得快，撒的面多稍厚些，有的地方熟得慢，撒的面少稍薄些。等盆里所有的糕面都蒸进锅里，这才把锅盖盖上。父亲不用看表，不用掐时间，揭开锅盖时笼屜上保准金黄一层，绝不会出现一些浅黄一些深黄的情况（如果有那样的情况就是夹生了）。要做成香软的黄米糕，还要走一个工序，那就是趁热搋。搋面时父亲将一瓢凉水放在旁边，搋几下面赶快把手放入凉水里浸一下，面被父亲的大手反复搋，当一个滑溜溜的面团出现后，搋的工序也就结束了。这时拿小铲子直接铲一块吃也是可以的，但这么吃有点儿太糙了。父亲和母亲总会在手里蘸点儿素油（胡油），把糕捏成小圆饼，这样看起来讲究些。

盘子终于放到了桌子上，我觉得等了好久好久。母亲拿出暗红色的甜水水（胡萝卜熬制的），给我和弟弟的碗里各舀了一勺。金黄的软糕配上甜水水，是我记忆中最温暖的味道。母亲和父亲看着我们吃得高兴，他们也高兴。母亲说：“家里人过生日咱们就做糕吃。”我问：“谁过生日？”母亲说：“是你呀。”

小时候，我根本不用记住生日是哪天，因为父亲母亲会记得，我只需记得生日的味道——既有点儿冷又有点儿甜。

（二）

班车晃晃悠悠，简直就是摇篮，我就快被晃睡着了。整个车里没有一个认识的人，我不敢睡，调整了一下坐姿，还是浑身不自在。天上没有多少云，却下起了雨。雨滴落到车窗上，汇成线往下流。这雨滴、雨线让我来了精神，困意全消。

宿舍里睡在上铺的同学，老家是东北的，她说老家有野生的黑木耳。我想如果车窗外的雨一直下，而且是下在东北的地界，阴湿、腐朽的树木上一定会悄无声息地长出黑木耳。那些木耳应该是在人们还没发现它们时，一下子冒出来的。小雨把它们身上洗得干干净净，黑中带亮，应该像树木上生出的黑亮眼睛。我没见过野生的黑木耳，我见过潮湿草地上鲜嫩可人的白色小蘑菇。小蘑菇被雨水浸润后会有清香，蘑菇香与草香混合在一起，完全是田野的味道。

秋假正值八月十五，这秋天的雨没下多长时间，就收拾了行装，车窗外的阳光照进了车厢。窗外，路旁一棵熟悉的大杏树出现在视野中，从这里到家也就剩几十里地了。

肚子咕咕叫了，不知道父母会给我做什么好吃的。我早已经知道大姑没有在我肚子里放个“姑姑”，但我一直喜欢母亲给我讲的这个故事。也许家里会给我做猪骨头烩酸菜，但这大秋天的猪还没杀呢，菜也没腌呢，做这道菜不大可能。也许家里会有炖肉等着我，最好是炖羊肉，最好羊是现杀的。

父亲会杀羊。有一次父亲杀羊时，我就在旁边看着。羊被放了血后，平平地躺在那儿，父亲用一把小刀，在羊蹄子上划开一个小口子，将一根筷子捅进去后再抽出来，用嘴对着小口子吹气，一会儿整只羊就鼓了起来。父亲说，这样吹过后羊皮好剥。确实，父亲一只手抓住羊皮揭起的角，另一只手在皮肉之间的空隙里，撕扯着、捣鼓着，整张羊皮一会儿就剥下来了。没有了皮毛包裹的羊白白的、温温的、软软的。剥了皮后，父亲紧接着就是取羊下水。其实羊肚子里最大的是羊的胃，看起来真沉。父亲提着羊的胃走到一边，叫我帮个忙，让我在羊胃上划个口子，一股暗绿色的草汁从开口处涌了出来。父亲收拾羊下水很快，把整羊卸开也很快。

车在家对面的小学门口停下了。我过马路时跟遇到的邻居打了个招呼，接着穿过铺着红砖的小巷，在院门外站了一小会儿。怎么没有闻到想象中的炖羊肉味呢？进院，看到弟弟小时候爱玩儿的冰车立在墙根，窗台上父亲给弟弟制作的过年时用来放鞭炮的小木枪静静地躺着。弟弟早已不玩儿那些玩具了，我们更多的时间是与书本在一起。

进门，一股炖猪骨头的味道窜到了鼻子里，咦？炖猪骨头？家人围坐在一起，边吃边聊着家常。我忙着吃肉，跟父母聊天多是应付，一会儿啃过的骨头堆成了小山。一抬头，看见母亲放下筷子，正偷偷地抹去眼角的泪。她边抹泪边说：“再多腌点儿骨头就好了。”父亲没言语，又往盘子里添了些骨头。

母亲掉泪应该是心疼我，觉得我在学校时受饿了。我初到师范学校时，母亲嘱咐过，自古是穷兵饿学生，让我在学校一定要多打点儿饭吃得饱饱的。不知道为什么，上了师范后我特别能吃，只长个子不长肉，我成为身高一米七的能吃的瘦麻秆儿。母亲看到我啃骨头的样子像是饿狼，一下子心酸了。正长身体的我真没顾及母亲的想法，我吃那么多主要原因不是饿，而是嘴馋。父亲总结过我对肉是什么感觉，顿顿吃会腻，一天不吃就馋。

我又啃了一块腌猪骨头，可能是母亲的眼泪掉到了肉上，肉有点儿咸。自那以后，吃炖腌猪骨头时总会吃到那种有点儿温暖又有点儿咸的味道。

（三）

父母退休后，家里的饭越来越香。我对女儿说，姥姥过去做饭不好吃，退休后做饭越来越有样子。父亲不同意我的说法，父亲认为我们小时候母亲做饭不好吃是因为那时的材料没有现在的好，油水没有现在的多。我认为，父亲这么说明显是为母亲开脱。

前几天，母亲准备着手写《准格尔旗的稷香》，跟父亲讨论糜米树影婆娑，正如我的记忆……

的做法。父亲说起美食津津乐道，马栅人做米画儿最精致、米窝窝在川掌叫酸糕、酸粥好不好吃主要得看浆米罐子……厨房里的灯发出暖暖的淡黄色的光，父亲母亲聊天的声音在厨房里与做饭的各种叮当声一起奏出了一曲交响乐，听起来像温柔的小夜曲。

到了我女儿生日这天，母亲为外孙女蒸了黄米糕。父亲一个劲儿地夸赞，几十年了，没想到母亲还能蒸出这么好的糕。母亲眼角的皱纹露出无声的笑意。现在母亲和父亲做糕会花更多的心思。把糕做成素糕片片或包豆馅、菜馅的糕角角。豆馅一定是自家的红豆煮熟了做的。菜馅一般是菜丝与土豆丝混在一起拌成的。为了照顾大家的口味，父亲还会将糕下一次油锅，总是会把糕的表面炸出泡泡。

女儿对黄米糕没有表现出十足的热情，也许她对蛋糕更感兴趣。

女儿打电话催促她爸回家布置生日聚会的现场，然后拉着我看云。女儿说："妈妈你看，天空是个大画家，云彩就是天空的作品，一会儿就是一幅画，一会儿又是另一幅画。这朵云画的是小公主的裙子，也许天上有风吧，裙子被吹散了，很快变成了松松软软的大棉花糖。那朵云画得像一头大狮子，然而一会儿就长出了一双大耳朵，变成了温柔的小兔子……"我与女儿一起看着天空，听女儿讲那些云朵怎么变化。

女儿的电话手表响了："爸爸，我和妈妈一会儿就到家。"我那慈祥的老父亲又说起了常说的口头语："外孙女是狗，吃了就走。"

开着车，车窗落下，风吹在脸上，我和女儿的头发也随风飘着。

几个小朋友在等着女儿一起吹气球、吃蛋糕，女儿兴奋地等着拆礼物。在女儿小小的生日聚会上，也许她会开启属于她自己的味之旅。

一缕炒米香

那缕炒米香是在一个初冬的下午得到的。

那个暖暖的初冬下午，阳光斜着照入屋中，在孔雀绿窗帘的映衬下，几粒灰尘轻盈地舞蹈着。不忍破坏小小舞者的表演，我轻手轻脚地走到餐桌旁。

桌上有一盒新买的酸奶，打开盒盖，里面还有两个小袋和一个小勺。酸奶也开始加配料了？仔细一看，一小袋白糖，一小袋炒米。我没有吃酸奶，因为炒米吸引了我全部的注意力。我撕开小袋的口，把炒米倒入手掌，一缕炒米的香味悠悠触动着嗅觉，更触动了一阵又一阵的记忆。

周末的早晨，我家住了十几年的小平房里会发出一种特别有韵律的声音，那种声音是铜勺舀起茶水又倒入锅里发出的。水扬了一勺又一勺，砖茶越来越下色，随着茶色渐深，那声音仿佛也变得醇香起来。早晨听到这样美妙的声音，我和弟弟很快就醒了。因为只要这样的熬茶声响起，就会有香香的炒米吃啦。

母亲在小桌上摆了一大盘炒米，盘里放着木勺。大盘旁放着一个小盘，盘里放着一个羊油坨坨。羊油坨坨是提前炝炒好的，刚炝炒好时是羊油汤汤，凉了后就凝固成坨坨。锅里的茶熬好了，临出锅前往茶里加点儿盐，再扬几勺。热茶水爱在大碗里转圈，别问我是怎么知道的，因为总会有一小段黑色的茶梗欢实地在碗里转圈。父亲用小刀把羊油坨坨削成薄薄的羊油片，羊油片在热腾腾的茶水里转瞬就化成了油花花。做好了这些准备工作，我、母亲、父亲碗里就会加上一木勺炒米。炒米泡在砖茶里，一会儿就沉到了碗底，吃一口炒米咀嚼几下，再喝一口茶，特别的香味萦绕舌尖。

一旁的弟弟搬个小凳子，先喝了一些热茶，然后站起来到角柜旁，把柜子上边的双层玻璃柜门推到一边，取出奶粉袋，摆到小桌上。弟弟有自己的碗和小勺。他用小勺从奶粉袋里取奶粉，边取边数“一勺、两勺、八勺”，数到第‘八’勺时，再往碗里加一木勺炒米。干拌炒米充满了奶香味。

我一直认为，家里总吃炒米是因为母亲。母亲是杭锦旗人，爱熬奶茶，也爱吃炒米。

那是一个腊月的上午，爷爷奶奶在院里的春灶炉子上架起了大铁锅，炉子旁放了两水桶煮好的糜米，糜米红艳艳的挺好看。炉子里的火真旺，把大铁锅的锅底烤得通红，年幼的我一直担心锅底的铁会化

一缕炒米香

成铁水流走，只剩个锅帮圈圈。爷爷奶奶没有发现我的担忧，锅底红的面积更大了一点儿。爷爷往锅里放了半碗干净的沙土，紧接着又放了半碗煮好的红糜子。扫帚画着圈搅拌锅里的沙土和糜子，一阵热蹦蹦之后，糜子开了口。爷爷快速地将它们“请”出铁锅，待锅底红时又炒一锅。

奶奶用箩细细地筛，沙土筛掉后，箩里留下的是带壳的炒糜子。这时还不能称为炒米，炒米是需要去掉外壳的。我总是等不及爷爷奶奶从村里加工坊碾炒米回来，一出锅便吵着要吃。爷爷用做惯了农活布满老茧的手，抓一把刚炒出的米用力搓，外壳掉了，发着金光的炒米变了出来。我捧着一只粗瓷碗，小手抓着炒米往嘴里送，嚼着嚼着，就把铁锅底会不会被烤化这样的大事抛到了九霄云外。

炒米只要放到干燥的容器里就可以存放很久。当田里的西瓜熟了后，就可以粉炒米吃了。奶奶曾说，西瓜粉炒米又解渴又止饿，但不能多吃，吃多了在肚里粉起来，肚子会很胀。奶奶说过的话是真有道理。有一回，我看到西瓜特别水，就粉了半颗的量。炒米在茶水里胖得快，粉西瓜时胖得慢。看着金色的炒米与红色的瓜肉拌在一起，颜色妙得很。不知不觉间，我把拌好的炒米都吃了，肚子里那叫一个胀呀，一顿西瓜粉炒米顶了两顿饭。

后来，我知道了不光是北方有炒米，南方也有。南方的炒米有拿大米炒的，也有拿糯米炒的，可以干嚼着吃，也可以拿糖水泡着吃。汪曾祺在《故乡的食物》中将炒米写得色香味俱全。他笔下的食物总是能从文字中跳脱出来，仿佛就在眼前。我知道南方有炒米就是因为看了他的文章。看他的文章总是有些莫名的感动，感动于一个文人对家乡话念念不忘，感动于一个文人对美食的细细描述。过了半个世纪，汪曾祺笔下的很多美食大约就只在记忆中了吧，但我所说的炒米依然可以经常吃到。

现在吃炒米，可简单可复杂。简单起来，干吃当零食。复杂起来，那阵仗就大了。我吃过最豪华的一顿炒米是在杭锦旗。那年，师范毕业不久，青春的脚丫总是停不住，我坐着大巴去杭锦旗找同学玩儿。见了面我们热情拥抱，周围人投过来不可理喻的目光。她招待了我一顿豪华早点。牧家乐里，面容慈祥的阿姨一样一样往桌上摆着美食，奶茶、手把肉、血肠、肉肠、酥油、酪蛋子、奶豆腐、奶皮子，摆了一桌。桌上金色的炒米是用木盘装的，一粒挨着一粒，金色抱成了团。也许是金色太过夺目，那一桌子的美味看起来像是炒米的豪华配料。

那日，与女儿买酥油炒米糖。收银台上放了很多书，不是新的，页角卷起，应该是被翻看过多遍。我准备扫码付款后就走，女儿问店员："炒米和牛肉干在成吉思汗征战时，都是行军粮吗？"店员的眼神停了几秒，问："我给孩子说说，你们不忙吧？"我说："不忙。"

很久以前，多久呢？在八百多年前，成吉思汗率领大军，带着炒米、肉干等西征。征途中，军队中的水用完了，将士们的嘴唇起了一层又一层的干皮。成吉思汗命令大家掘井取水，依靠仅剩的一点儿炒米，度过了艰难的时刻……店员的讲述深深吸引着女儿。

炒米本身不是一种奢华的食物，因为它镌刻了家庭的印记、地区的印记，这种简单的食物便不简单了。

猛然发现，那缕炒米香不是初冬下午所得，那缕特有的香味一直萦绕在我的心头。

最鲜这口沙菇羊肉汤

沙菇，我是第一次这么叫它。我一直都叫它沙棒槌，因为它的形状太像捶打衣物的木棒了。我觉得叫它沙棒槌不是太妥，天津人说“棒槌”就是在批评人一窍不通，山东人说“沙棒槌”指的是地瓜。看着沙里长出来的又鲜又白又嫩的蘑菇，叫它沙棒槌，真是可惜了。这鲜嫩的蘑菇于沙里自由生长，带着这片土地上地理、气候、文化、历史等一系列因素，并且有着尝过一次就不会忘记的独特鲜味，于是我依着自己的心意称它沙菇。

沙菇的鲜，初尝觉得朴实无华，细品便觉有点儿滑、有点儿嫩、有点儿野、有点儿腥，是很复杂的一种口感。我们这里的人对羊肉情有独钟，而野生的沙菇对羊肉同样一往情深。只要在羊肉汤里加上沙菇，那食客尝过的评价便不止“好吃”二字。

做沙菇羊肉汤，关键所在有三。一是要有当天清晨四五点时采

沙菇有着尝过一次就不会忘记的独特鲜味。

摘的最新鲜的沙菇，二是要有当天宰杀的鄂尔多斯本地羊，三是要用鄂尔多斯市准格尔旗布尔陶亥的山泉水。当这三者相遇时，食客才有口福尝上这口鲜香的沙菇羊肉汤。沙菇是生长在布尔陶亥苏木的一种野生蘑菇，但不是什么时候想采就能采得到的。它的生长与环境的温度、湿度和土质的松软度有关，还可能受到它自己情绪的影响。同一块地里，今天早上去能采到，明天你再去，可能就采不到了。也许是人家沙菇像个姑娘，人们出其不意地去了，它来不及躲藏，再去，它便娇羞地移到了别的地方。所以呀，吃这沙菇羊肉汤还得讲一些机缘。机缘到了，便应好好尝尝沙菇羊肉汤，让这种独特的鲜香攀爬于味蕾之上，弥漫于舌齿之间，体验一回味道的极致。

如果可能，一定要亲自采一次沙菇。沙菇生长的地方比较偏僻，寻找起来费点儿时间。寻沙菇要眼鼻并用，仔细观察地表，用心闻它独特的味道。我采过一次，一块长着些小草的地看起来与旁边的地同样平淡无奇，但有经验的同行人告诉我，那些土被微微顶了起来。人家蹲下，十指扒开表土，沙菇真真切切地出现了。一阵细风吹过，沙菇给风染上了鲜味。当地人爱说这么一句话：“沙菇的味可灵了。”那天，我才知道，味灵原来是那样的一种感觉。我也学着用十指扒土，摸着了，往深挖，一个白嫩的沙菇被我找到了，再往深挖，居然得到了一丛沙菇，顿时觉得高兴无比。采完沙菇，手上沾满泥土，也沾满了沙菇的鲜味。

据说，早些年沙菇与酒万万不敢同时食用。当时传言，酒会引沙菇蓄力一冬一春，入夏时努力生长的样子美极了。

出沙菇的毒。“吃着沙菇又喝酒，十人仅有一人留。”后来，一位嗜酒的老乡怎么也忍不住对沙菇的渴望，“冒死”一尝，没想到啥事没有，流传了那么久的话被证伪。从此，沙菇登上了酒席，沙菇羊肉汤成了招待贵宾的一道好菜。

其实，产沙菇的布尔陶亥还有很多美食，比如泉水鲫鱼。做鲫鱼时无需调味料，只用布尔陶亥的泉水，清水汆，鱼熟时，汤又浓又白，如同牛奶，汤味鲜，鱼肉细。出锅后，可以根据个人喜好加点儿香菜或韭菜，但我更爱原味的。

有人试过沙菇与鱼肉一起炖，说味道不错。我没吃过，不敢评论。

时值五月，正是吃沙菇的好时候，那些沙菇蓄力一冬一春，入夏时努力生长的样子美极了。吃一吃沙菇，才算不负时鲜。

苏木里的额吉

看着节气，很快就要到大雪了，苏木里的庄稼都收到了农家的院里、场面上、仓房里，夏季里曾经活泼浓郁的绿色被冬季里或深或浅的褐色和或浓或淡的灰色取代了。冬季里的生机不在田野里，老乡家的猪儿肥壮了，羊儿长膘了，公鸡母鸡油光水滑，生机在猪圈、羊圈、鸡圈里。

让额吉高兴的事接二连三地来，猪圈已经改造，猪肉价格也涨得不错。额吉家大门口的杨树梢上，喜鹊一个劲地叫。喜鹊的欢喜伴着额吉的欢喜，额吉喂猪也不觉得累。额吉总是给养的猪起名字，名字倒也朴实，不外乎大胖、二胖、三胖或大壮、二壮、三壮。一次买的小猪多了，就会有四胖、五胖或四壮、五壮。大的、中不溜的、小仔猪总是以合适的比例养着，冬天杀一头自家吃，一年中隔三岔五地卖一头。那些猪慢慢变成了地里的种子、家里的家具和电器、孩子的学

活泼浓郁的绿

费、家人的衣裳。

额吉养猪也不是只有喜没有忧。几年前，额吉与邻居赶集时同时买了小仔猪，额吉买了五头，邻居买了十五头。也不知什么原因，买回来的小仔猪几天后就不爱吃食了，病怏怏的，额吉又是找兽医又是喂葡萄糖，只保住两头小猪。当额吉埋死掉的小猪时，看到邻居家也在埋。原来邻居家的十五头小猪都死掉了。从那时起，额吉总打听嘎查里谁家母猪下仔了，再也不敢随便买小仔猪了。

额吉家的猪圈挺干净，她每天早上喂食前都会把圈里的猪粪清理出去。额吉总说，猪也是爱干净的，猪圈干净了猪爱长肉。其实爱干净的是人，额吉喂猪穿喂猪的衣裳，到地里干活穿另一套衣裳，做家务时穿平常穿的衣裳。额吉总说，喂猪前一定要换喂猪的衣裳，猪不习惯别的味道。额吉把准备猪食的小房子收拾得干净整洁。大功率的太阳能热水器、小锅炉、饲料粉碎机一应俱全。额吉说："猪的口味不一样，有的猪爱吃干食，有的猪爱吃湿食，需要按猪的喜好去备食。额吉说："现在卖的猪饲料是个好东西，小仔猪吃上毛病少，半大猪就不能继续喂了，喂上不合算。自家的土豆、玉米加上些麸皮、豆子去喂猪，猪吃了又长肉又省钱。"

额吉其实挺爱美的，把头发烫成了小卷，看起来像羊羔毛。平时，额吉用一根黑色的皮圈把头发束起来。走路时，后脑勺的发辫一颠一颠的，像极了绵羊尾巴。额吉挺在意自己的头发，一年总要烫两次，多少年了，额吉的绵羊尾巴辫成了招牌发式。额吉的前额角白头发挺多，她也不揪，她说：“不能揪，揪了白头发长得就更快更多了。”这样的说法也不知道有没有科学道理，但额吉执拗地相信着。额吉的手指关节很粗，手掌上有老茧，皮肤上也有皴裂。额吉从来不系围巾，因为她拿过的围巾会勾在手上，严重的还会拉出丝来。

额吉爱唱漫瀚调，偶尔会到嘎查或苏木的文化室参加活动。

漫瀚调调是咱准格尔旗生，
我就是那唱曲儿的后辈辈人。
甜个盈盈的水来绿个茵茵的草，
准格尔就数咱布尔陶亥好。
炖羊肉要放那半把葱，
各族人民都在那一个村。

额吉用略有些沙哑的嗓音唱这些清凌凌的调调，唱完就笑，眼睛周围的笑纹扩散开，像美人鱼的尾巴。额吉总是给孩子们讲一些谚语，都是些值得悟的道理。“天上星多月不明，地上人多心不公，山高石多路不平，塘里鱼多水不清。”孩子们问额吉，这些道理是您自己总结的吗？额吉笑笑说，这些都是她小时候听嘎查里一个经常穿长袍的老人讲的。

额吉这两年总担忧井里的水不够用，尤其是夏天。人要用水、猪要用水、园子浇地要用水，需要把水攒上一段时间才能抽个把小

院落也被额吉打理得井井有条。

时。额吉总是怀念小时候，那时井水特别充足，离家不远的坝里水满满的。小孩子们总是在大晌午从家里溜出去，到坝里耍水，没有标准的游泳姿势，基本上就是狗刨。有的孩子刚学耍水，浮不起来，就拿个洗脸盆支在下巴处，双手抓住盆边，脚用劲儿扑腾。扑腾的时间长了，就能加入狗刨的队伍中了。大人们发现孩子耍水，把孩子们叫上岸，拿个柳树枝就是一顿揍。有的孩子鬼精，挨几下打就跑，家长在后面追，旁人便笑。孩子们是记吃不记打的，过几天，又偷着耍水。大人们从地田回来，只要把孩子的袖子撸上去，用指甲一划，胳膊上的白道道一出，孩子便不敢撒谎了。

额吉总说："当下的事记不住，以前的事忘不了。这还没到老的年龄呢，怎么就这样呢？"额吉小时候有一个地交界朋友（孩子们都小，家长在地里干农活，把孩子放到两家的地交界上，孩子们自己玩儿）。两个孩子把能做的游戏做了个遍。有时在地上画个简单的图，找几块石头围老虎，有时拿树枝画几个圆圈找个瓶底子扔油油、跳圈圈，有时拿一根细绳挑单单，有时拿上一把羊骨头抓此此（方言）。玩儿累了，就躺着看云。后来，额吉和地交界朋友都长大了，额吉去读高中，朋友去当兵，后来，再没见过。那一次苏木里办了场实景民族婚礼，表演时额吉发现多年不见的地交界朋友忙里忙外，还像当年当兵时的身姿，精神得很。额吉看了看自己胖胖的身子，躲到了人群后面，没去打招呼。

额吉家里有一本小说，这本小说不知被额吉翻了多少遍。书的边

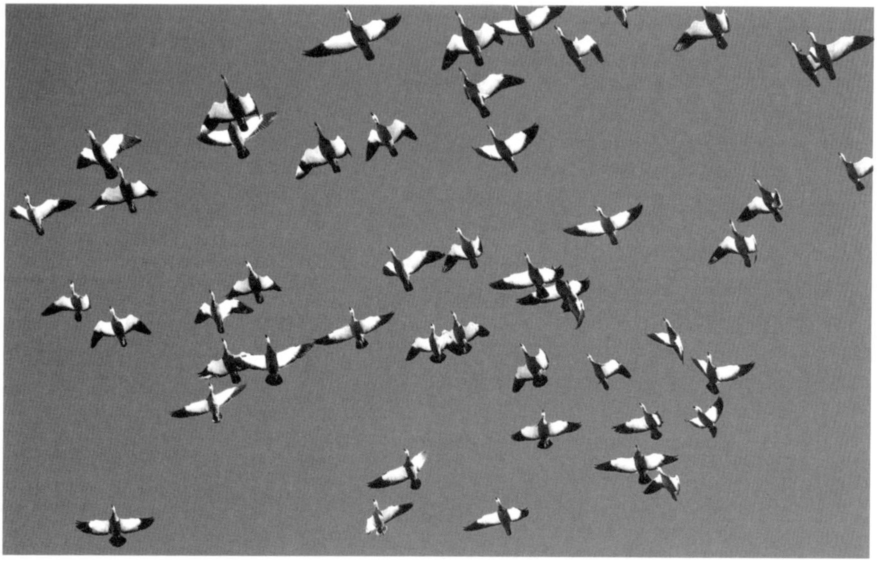

遨游碧空

缘起了卷，书页泛了黄。额吉说，看一遍《活着》就能更爱现在的生活。《活着》里的富贵苦难一生，没有波澜壮阔，却是难熬的一生。书读起来像是在喝中药，越喝越苦，但还是得喝下去。额吉总说，谁活着都不容易，活着才是难能可贵的。有时，额吉把猪食倒到食槽里后，会走神，也不知道额吉神游到哪里，想些什么事情。

额吉家有个针线笸箩，针线笸箩里放着一大一小两把剪刀、一个顶针、一包纽扣、半包针、几缕彩线、一盘松紧带、几根拉链。过去，额吉的母亲总是左手拿着鞋底，右手紧握针锥，边聊天边纳鞋底，一针针，一绳绳，经过几天的钻钻拉拉，一双结结实实的布鞋底就成型了，然后将事先做好的鞋绑缝上去，额吉穿的鞋就做好了。现在，额吉不做布鞋了，冬闲时为一家老小绣鞋垫。鞋垫上的花样子都是额吉自己画的，彩线都是她自己配的，一针一线慢慢绣，荷花颜色一层一层，小鸟羽毛一层一层，针脚又密又细。有时还会绣只蜻蜓，活灵活现的，像是想要从鞋垫上飞起来的样子。

额吉就是一个平凡的女人，人缘说不上好也说不上坏。因为自家养猪，她很少到别人家串门，周围邻居大多是养殖户，去串门怕给人家添麻烦。额吉心地很善良，邻居、亲戚需要她帮助时，她就尽全力帮助。额吉喜欢小猫，有时天气好，她坐在大窗子前面抱着猫，跟猫说话。额吉给猫讲从前的人和事，讲现在家里的变化，讲明天或明年的打算……猫像听得懂似的时不时“喵”一声，仿佛回应着额吉。

天气预报真准，下雪了。额吉预备冬天第一场雪后，就杀一头猪。每年的杀猪菜额吉都要认真准备。腌好的酸白菜先顺着菜叶划成细条，然后切成一寸来长的段，用清水泡上。将土豆切成块炸至金黄色放到白瓷盆里。粉条子早几天就压好了。槽头肉切成筷子薄厚。一切准备停当，起锅热油，油热好后先把槽头肉放到锅里，用铁匙来回翻炒，肉色变了后加上葱、姜、蒜、盐、醋、酱油，这么一炝炒，满屋子香气。额吉烩杀猪菜很有特色，炝炒好后总是先放酸白菜条，加上半锅水熬上半个来小时，酸菜基本上熬绵后放炸土豆块，再烩上几分钟，快出锅时把粉条加进去焖一小会儿。总共也就个把小时，香喷喷、油淋淋的杀猪菜就可以上桌了。额吉会给被请来吃杀猪菜的客人上白酒，大家吃着、喝着、聊着、唱着。

额吉听说苏木里的王爷府第二年就修好了，还要建那达慕会场，乡村旅游肯定会更热闹，游客多了，猪肉一定比现在还好卖。她还听说要把黄河水引到布尔陶亥，水足了，水美了，布尔陶亥不就成了北方的小江南？她心里这么盘算便不由得高兴起来。

布尔陶亥是个簸箕湾，
有沙有水有草滩。
炖羊肉加上油炸糕，
嘴上的曲儿是咱唱着唠。
坝连坝来山连着山，
钱包包鼓来钱包包满。

额吉说：“眼前，虽然山还是那座山，路还是那条路，林子还是那片林子，田野还是那块田野，但以后，生活在这里的老乡们日子会一天更比一天好。”

小村里的背影

多么熟悉的路，久不走，也会变得陌生。一段入村的路，车子在一个丁字路口处使劲踩了一脚刹车，刺耳的声音钻入驾驶室。唉！忘记了这个路口弯子拐得有点儿急。车再次行驶的时候，村里的一切便在脑海中涌现出来。

村民的房子大部分是新建的，红色的大门，青色的砖瓦，收拾得干干净净。有一处院子比较特别，正房连在一起，靠东靠西各有一个入户门，一段矮墙把院子一分为二，两个小院都装了简易的大门。墙外卧着一条白色大狗，墙头上趴着一只黑色肥猫，院里转悠着几只鸡。这普通的院子怎么就特别了呢？就因为这矮矮的墙。这墙既是一种空间上的分隔，也是一种亲情上的联系。

西边的小院住着八十多岁的老父亲，东边的小院住着五十多岁的儿子。因为儿子在一次意外中碰伤了头骨，不知什么原因没有安装人造骨片，手术后头皮没有支撑，塌陷了一大块。老父亲总是大清早隔着矮墙看看儿子起没起床；晚上隔着矮墙看看儿子屋里亮没亮灯；鸡下了蛋后给儿子屋里送几颗；阴雨天给儿子炕上生点儿火。无论儿子已经长到多大，在父亲心里，都是孩子。

儿子五十多岁没有娶妻生子，酒友倒是有几个。一瓶散装的白酒，一碟咸菜，几个人就能醉上一天。

村里很多人家都会在院子周围种几棵杏树或海红树。这处院子也不例外，也种了几棵杏树。树虽然是老树，却呈现出旺盛的生命力，枝繁叶茂，每年能结不少杏。老父亲不摘这些杏，任鸟雀啄食、虫蚁啃咬，然后自然落地。老父亲只是拾起杏核，收到一个曾经装过面粉的布袋里。

老父亲不多言语，坐在院里的小木凳上，地上垫上一块砖，拿一个磨得锃亮的小铁锤敲敲打打。旁边放两个搪瓷盆，一个盆里放着杏核，一个盆里放着去了核的杏仁。很多时候，这敲打声是父亲给儿子的一种信号——我在你身边。

不远处有一排自由生长的杨树，没被修整过的样子。树上一群麻雀不知被什么惊扰，“呼啦”一下子飞了起来，然后“呼啦”一下全落到了小院里。老父亲没有驱赶飞来的小生灵，充满善意地从小仓房里抓了一把红糜子，撒到院外。这群小麻雀蹦蹦跳跳地出了院，准备欢喜地饱餐一顿。

儿子不知什么时候从屋里出来，从小院里挪着小步到了大门口。

时光清浅，秋意阑珊。

看到这群麻雀便挥舞起手臂，嘴里发出含糊不清的声音，吓得麻雀们扔下没吃完的红糜子，“呼啦”一下飞远了。

没有人谈论儿子曾经做过什么、去过哪里、为什么不劳动，只是认为理所当然。日复一日，年复一年，他与别人一样呼吸着村里清新的空气，却满眼浊色。

一个平常的日子，蓝天上淡淡地飘着几丝云。老父亲端起装杏仁的盆，步履蹒跚地进了西屋，他的背影那么瘦小，仿佛时光逆转，回到了小时候的身高。就在那天，老父亲神色安然地走了。老人的女儿们回来操办丧事，儿子却不知所踪。鼓匠班子努力地吹打着。人群中偶有言语传出：“老人没受罪；自然老（方言，去世），没病没痛，算喜丧……”人群散去，夕阳将归，大地抹上了一层橙色。

当太阳重新升起时，一个小伙子迎着朝阳走出了村子。这个小伙子住得与那矮墙隔开的小院很近。小伙子这是要去读大学了。他走出村子时的背影那么清晰，居然越远越清晰。

无论村里的老人去世了，还是小伙子离开村子去城市里读大学，接下来的日子里，人们的生活不会有特别大的波动。

老张家继续种地，老王家继续养羊，老孙家继续磨豆腐，老刘家继续开着农家乐，老周继续杀猪，小马继续搞运输，老李和老赵继续唱着漫瀚调……

也许有一天，村子会变个样子，随着滚滚向前的时代车轮一起前行，变样的原因有可能与清晨离村上大学的小伙有关……

微信扫码
· 苏木风光
· 时光照片
· 声动心弦
· 电子书

悠悠漫瀚情

记忆里的阳光总是暖的，奶奶赶着的驴车在乡间小道上摇呀晃呀，我脸向着太阳躺在驴车上，幸福得像花儿一样。驴脖子下面戴着个铃铛，铃声欢快，叮叮当当。我总是缠着奶奶唱山曲儿（当地人对漫瀚调的称谓）。奶奶会唱的山曲儿不多，被我缠得没法子了，一边赶车一边对着空旷的山梁唱起来：

> 沙圪堵点灯呀杨家湾湾明，
>
> 二少爷招兵忽撒撒的人。
>
> 大雁飞过呀掉下一根翎，
>
> 二少爷留下一股好名声。

山沟里总会有“崖娃娃”附和着：“明……人……翎……

声……”听完山曲，我还能听一段二少爷奇子俊打仗的故事。

小时候我总爱跟着奶奶回乡下撒野。村里有一个二十来岁待嫁的姑娘，好绣功、好嗓子。我们四五个年龄差不多的娃娃总是在她家院里又玩又闹。当她从屋里拿出一个小木凳，坐在院里的果树下，边做针线活儿边唱漫瀚调时，我们就立刻安静了。

想亲亲呀想得我迷呀么迷了窍，
井里头呀打水用呀么用那箩头吊。
想亲亲呀想得我迷呀么迷了窍，
和白面呀挖了一呀么一碗黑豆料……

这些应该是我对漫瀚调最早的记忆了。

时间过得太快了，转眼三十多年过去了。如今我在准格尔旗布尔陶亥苏木工作，这里是漫瀚调的发祥地。漫瀚调传承人每个月都会有一周的时间，到苏木文化站里的漫瀚调传习所里给当地的漫瀚调爱好者们教唱。七十岁的弓赛音吉雅老师总是精心准备教唱的曲目，认真教给大家。站在传习所前，听着《阿拉腾达日》《黑召赖沟栽柳树》《达庆老爷》《妖精太太》的曲调，眼前总会出现人们穿着色彩艳丽的服装围坐在篝火前，吃着烤羊肉，喝着烈酒载歌载舞的画面。

苏木里会唱传统蒙古语漫瀚调的人已经不多了，除了弓赛音吉雅老师，我知道的就是萨如拉的阿爸——苏建华。那年春天，我与内蒙

传承

古著名摄影家吴运生老师、作家杜洪涛老师一起到苏老师家，专门听老人家唱起原汁原味的调调。那是我第一次听到《果树》的蒙古语唱词，舒缓婉转的旋律讲述着一个美好的故事。

果树呀长得有呀么有多少，
结果的只有一呀么一两苗。
结交的朋友有呀么有多少，
命运相连的一呀么一两人。
桃树呀长得有呀么有多少，
结桃的只有一呀么一两苗。
相中的人儿有呀么有多少，
长久交心的一呀么一两人。

当然用这个曲调可以填上别的词唱，这几句词也可以用别的曲调唱，但这种最初的曲与词的搭配听着舒服、有韵味。

我们工作的一项内容是包村，我包的村是蒿召赖嘎查（原名黑召赖村，2006年更名为蒿召赖嘎查）。嘎查文化室管理员杨五女跟我说，《黑召赖沟栽柳树》就是从这个嘎查里唱出来的。看我想听，她开口便唱了几句：

黑召赖沟呀栽柳树，

你看咱毛阿肯妹妹扭两步。

黑召赖沟呀寸草滩，

正好是那阿瓦日来德格的糜马湾。

黑召赖沟呀沟不长，

沟门门栽到那沟掌掌。

黑召赖沟呀圪爬爬树，

咱二人相好好比胶黏住。

关于毛阿肯妹妹我听过两个版本的故事。两个故事里妹妹的身份不同，但相同的是妹妹很漂亮。

其中一个故事是这样的。妹妹是个待字闺中的姑娘，美丽的妹妹与小伙子阿瓦日来德格结缘于黑召赖。小伙子在王爷府当差，总找各种理由来见妹妹。妹妹与小伙儿日久生情，但妹妹的父母不同意两个人交往，妹妹很伤心。小伙儿舍不得妹妹，妹妹舍不得小伙儿。妹妹说离开小伙儿心就纠得痛，小伙儿说见不上妹妹活不成。于是两个人为了爱情骑马私奔了。

《黑召赖沟栽柳树》唱出了这块土地上一段火辣辣的爱情故事，原来的故事情节已经不能确定了，但妹妹无疑是勇敢追求爱情的漂亮姑娘。

有一次，老乡家杀猪，晚上邀请我们去吃杀猪菜。热腾腾的烩菜、热腾腾的酒，酒过三巡对歌就开始了，现编现唱让人心里头也热腾腾的。

平时苏木里搞宣传，文艺队总爱用漫瀚调的曲子填上宣传主题的词，给老乡们演出。唱一方水土上的好资源，唱惠民政策有哪些，唱新农村里的新风貌，唱乡亲们的日子比蜜甜。

一直传唱的漫瀚调，是一枝亮丽的花朵，政府、学者、艺术家、传承人都在努力呵护它。1996年，准格尔旗被国家文化部命名为“中国民间艺术（漫瀚调）之乡”。1997年，准格尔旗政府开始举办三年一届的漫瀚调艺术节。2008年，漫瀚调被国务院公布为国家级非物质文化遗产。那一年，漫瀚调研究所也成立了，电视台开办了《漫瀚神韵》专栏。2015年，准格尔旗“千人吟唱漫瀚调”获世界上最大规模的群众吟唱漫瀚调活动世界纪录认证。这几年，我收藏了一些漫瀚调的相关资料。每每看到这些资料，便深感大家对漫瀚调倾注的爱。

在我眼里，漫瀚调里有社会风貌，有风土人情，有时事政治，有日常生活，有传说故事，有男欢女爱。在我心里，漫瀚调是这片土地上民族团结的象征、文化艺术的瑰宝。

我与漫瀚调，悠悠不了情。

杏花开时聊聊杏儿

春风丝丝送寒去，杏花朵朵迎春来。准格尔旗的杏花，开得最早的应该是在龙口。

在一个美好的日子，我与本土作家、诗人、摄影家一同来到龙口镇的小驴尾巴咀、大驴尾巴咀采风。清早，与大家同坐车上，还未见到杏花，已满心期待。路上我们一直讲着关于杏的趣事儿，笑声不断，从薛家湾出发到目的地，觉得没用多长时间。

（一）

鲜姐讲到她刚参加工作时到同事家做客。夏天，院外杏树上挂着金色、金红色诱得人直流口水的杏儿。同事的叔叔一个劲儿地推荐，说离得相对较远的那几棵树上的杏儿好吃。鲜姐来到树下，边摘边春风丝丝送寒去，杏花朵朵迎春来。

吃。摘的杏儿渐渐多了，她便将衣襟撑开，当作盛杏儿的袋子。回到院边，她才发现近的这棵杏树上的杏儿又大又甜又香。人的嘴总是刁的，总会选择最好吃的。

才一小会儿工夫，这几个已上班的小伙、姑娘就窜上了房顶，摘树梢上最好吃的那几颗杏儿去了。同事的叔叔一看，这帮鬼精的孩子支也支不走，到底还是上房了。

我也讲了几件在纳林时的事。

那时我家在学校的家属院里，前后大院有十几个孩子。我们吃杏可不是等熟了才吃，是从花还没谢、果刚结出来时就开始吃。嫩嫩、绿绿、小小的一颗杏，摘掉顶上的小花，吹一吹，把酸酸的果肉吃掉，把白色的嫩果核放到耳朵里。把嫩果核放到耳朵里叫作“孵小鸡”，放一段时间，果核的白皮上会出现各种各样的花纹图案，有时图案真的很像一只鸡。等杏儿稍大点儿，果核硬了，果肉有些酸、有些苦，吃起来口感不好。但这也拦不住我们吃杏儿的冲动，摘一颗咬一口有点儿柴，再摘一颗也许味道会好些，于是摘了一颗又一颗。等回家吃饭时才发现，牙齿给酸倒了，什么也咬不动。父母会训斥我说，不等杏儿熟就吃，这不是祸害好东西吗？说也奇怪，那几棵杏树还挺耐祸害的，到了夏天树上还有很多杏儿。

夏天，太阳很毒。家属院的孩子们又约着一起去摘杏儿。中午，一群人打打闹闹地就去了杏树林。抬眼望去，树梢上的杏儿红了小脸。我们个个身轻如燕，顺着树杈穿过树枝，伸手摘树梢上向阳的

“红脸脸”。这时的杏儿酸里带着一丝甜，坐在树上能吃半天。回家时还得带一些，把上衣系到裤子里，把裤带扎紧，现成的装杏儿袋子就有了。摘上一把杏儿从领口放进去，一小会儿个个都成了大肚罗汉，排成队，招摇地回家。不节制地吃杏儿，有时回家就开始肚子痛。母亲总会把杏核捣开，取出生杏仁，让我吃上几颗，肚子里又烧又痛的感觉一会儿就消失了。

长大后，我就再也没享受过这样的吃杏儿方式了。

（二）

车停了，龙口大驴尾巴咀到了。这里比我工作的布尔陶亥早了不止一个节令，满树杏花已开。大家乐呵呵地寻找最佳角度，有的拍花儿，有的拍美人。我寻到一棵老树，树下花瓣落了一地。低头看，像进入天际，满眼星辰。在树前，可站可坐可抚枝，怎么拍都会像个花仙子。

桃花花你就红来，
杏花花你就白，
爬山越岭寻你来呀，
啊格呀呀太……

红杏出林，粉红似霞，遥而可及，望而心动。

我的脑子里冷不丁就冒出这首歌。在花树间，如果有爱情，一定会是透着暖意、散发着香味的。

大家拍合影时，天还是晴的。在小村庄里没转多久，光线暗了些。这时天空蒙上了一层均匀的云，远处像披上了纱，看不清。

离开大驴尾巴咀后，我们兵分三路。一路去鸡鸣三省的界碑那里，一路去找明长城，一路留在了农家乐。

我没去过龙口的明长城，便跟着小分队准备去看一看。上山的路比较陡，我们明显地感到车使出了浑身力气。路遇一位长相和善的老太太，告诉我们车到不了明长城，只能走着上去。于是我们改了主意，把车停到了小驴尾巴咀的几户人家旁。这里地势高，黄河就在不远处，莲花辿也从众砒砂岩中跳脱出来，崖边一棵老杏树花儿肆意绽放，意外遇到美好。

行程中还计划到沙圪堵杏花节主场地，没承想，这四月的天成了娃娃的脸，下雨了。等到沙圪堵时，风摆树枝，雨打杏花，我们下车看了几眼花苞又匆匆上了车，无法细细领略这万亩杏林的魅力了。梨花带雨可形容美人落泪，这杏花带雨能形容什么呢？领队决定就此返程。路上，车窗外的小雨点变成了小雪片，小雪片忽得变成了鹅毛大雪。车窗玻璃起了雾，用手擦了擦玻璃，真凉。不由得担心起杏花，那娇媚的小花、娇羞的花苞经得起这突来的寒冷吗？还好，雪下的时间不长，等我们回到薛家湾，天开始放晴了。

在满树繁花时，走进花的世界，享受从容岁月。

（三）

有一年倒春寒，满树杏花开时气温骤降，大地结结实实地盖上了雪被。春雪存不住，雪消后杏花都落了，那年爷爷奶奶家的杏树上没结几颗果。后来，爷爷奶奶总在杏儿熟透时，将它们摘下来晾成杏干，放到纸箱里，等我们回去时才从小凉房里拿出来。爷爷奶奶是农民，总给我们土地上生长出来的最好的东西：大个的土豆、饱满的葵花、香糯的小米，还有那没有一粒尘的杏干。如今爷爷奶奶都去世了，我两年没有回三和城了，不知道老家后院那棵能结出最甜杏儿的树今年开了多少花。

那天在小超市里，我发现了杏干饮料，买一瓶尝了尝，居然是记忆里的味道，甜里有一丝酸，酸中带着甜，喝一口，特别解渴。

其实，杏仁也特别好吃。住在学校家属院时，我就知道以杏仁为主料的杏茶特别好喝。

卉姐家制作炒杏仁已经很多年了。她告诉我，她的祖籍在陕西，小时候她就拿着爷爷特制的小锤子打杏核。孩子们敲敲打打做游戏，不觉得是在干活儿，玩儿得挺开心。到过年过节的时候，爷爷用祖传的手艺炒制杏仁。杏仁先是在水里泡，几天后取出来，加上米糠炒。炒的时候火候得掌握好，必须是文火。这样把毒去了，微微发黄香脆的炒杏仁就做好了。传承了几代人的手艺，蕴藏着岁月的味道。卉姐

此刻，时光温暖，杏花萦香。

家几十年的作坊如今升级成正规的公司了，但炒出来的杏仁的味道从来没有变。

杏树，寄着这方土地的精神——顽强，既可以享受清风阳光，也能承受寒风冷雪。杏儿，寄着乡愁，无论走到哪里，用家乡话聊聊关于杏儿的话题，吃上几颗刚采摘的杏儿，摆一盘炒杏仁，再喝一杯浓浓的杏茶，思乡的结就开了。

此刻，时光温暖，杏花萦香。在满树繁花时，走进花的世界，享受从容岁月。

种菜『疯子』

“疯子”对什么执着？“真正的有机蔬菜，必须是真正的有机蔬菜！”“不用化学合成农药，不用化肥，不用生长调节剂……”“遵循自然规律和生态学原理，平衡，遵循平衡！”这不是一个农民说的话，这是一个基层干部念的生态农业经。

我第一次听这些话的时候，觉得这个人有点儿固执。都什么时代了，你遵循自然规律，不就是跟着节气种，不就是原始农业吗？

后来，我不敢这么反驳他了。一个从城里来到乡村工作的年轻人，甘愿学做农民，做一个种有机蔬菜的“疯子”。他“疯劲”这么大，把新模式运用到种菜中，依着科学理论，你怎么反驳他？

在这儿我得跟大家聊一聊他为什么决定做个“疯子”。

他在城里长大，在政府部门做了几年常规业务工作，之后一转身，从机关到了苏木。苏木比城里多一份天蓝水清，多一份宁静，同

灵动的新绿，是希望的色彩。

时比城里少了热闹，少了繁华。他到这里时间不长就融入了乡村的生活，乡亲们愿意跟他聊天，爱听他脑子里那不一样的农业世界，爱听他有别于传统农业的经营模式。但听归听，毕竟他是从城里来的，他帮扶的嘎查里的乡亲们对他讲的那些事还是将信将疑，观望的人居多。

于是，他决定学做菜农，做个“疯子”，做个能让乡亲们信任的“疯子”。只有让乡亲们信任他了，才能将他的这套模式推广出去。

“疯子”讲政策

他先租地，又备好农家肥，耕好了田，就等时节到了播种了。地里的事得按规矩来，单位的事也得按规矩来，他是单位的事与种菜的事两不误。这四亩三分田，意义可大了去了。大到与农业供给侧改革、乡村振兴、发展转型沾着边儿。

种好菜，参与到农业供给侧改革当中。

种好菜，做好示范，让乡亲们看到新模式中的致富希望。

种好菜，为所有共同投资人提供安全、有机、无污染的食材。

…………

这个话题是不是有点儿大了，咱们还是说这菜地的事吧。

一丝并不起眼的绿，一抹微不足道的青，都盈满着生命力。

"疯子的菜园"新模式——CSA模式

说这种模式之前，咱们先得看看这菜园到底长出菜了没。没种出来菜，再好的模式不也是空谈？

菜园里，各类蔬菜长势喜人，六月中旬已经开始给旗（县）里订菜的人供菜了。这第一批订菜的人，享受到了纯天然、无污染的绿色蔬菜。他们与"疯子的菜园"走的是CSA的模式。CSA（社区支持农业）的概念起源于瑞士，当时的消费者为了寻找安全的食物，与那些希望建立稳定客源的农民携手合作，建立经济合作关系。发展到现在，CSA的理念从最初的共同购买、合作经济延伸出更多的内涵。

"疯子"经常在傍晚到菜地浇水，有时站着，有时蹲着，有时拿着锹，有时叉着腰。他看着菜苗，仿佛看着宝。那天，他邀请我到他的菜园去看看。满畦的菜苗、茁壮的瓜蔓、全嘎查最高的玉米映入眼帘，我忍不住拍照的冲动，小心翼翼地趴到菜前拍了很多照片。我将照片发到他的手机上，他把照片发到了朋友圈。咦，四分钟了，没人点赞？一看，他不知什么时候把朋友都设置成"不让他看我的朋友圈"，赶忙解除。这可不得了了，点赞的数量噌噌往上蹿。他那个傲娇劲儿就别提了。

支持“疯子”

支持“疯子”的人有几类。

家人支持“疯子”。他老婆在城里上班，家里有俩小千金，平日里上班、带孩子挺忙，盼着他周末回家。可他到好，平日里回不了家，有时周末还把老婆孩子接到苏木，老婆帮他料理菜地，孩子在旁边的树荫下玩儿，好一幅温馨的田园种菜风光图！

乡亲支持“疯子”。老支书帮他选了一块离水源很近的地，浇水很方便。这块地离嘎查办公场地也近，老乡们来来回回办事路过，示范效果容易被看到。聘的帮工老乡不磨洋工，平日里地里的活儿当自家的活儿干，认认真真。

同学朋友支持“疯子”。他决定做这件事时，找同学朋友们商量，没想到一拍即合，当时就有二十个人交了订菜金。大家说好了共同投资、共同受益、共同承担分险，毕竟是大田种植，不可预测的风险是存在的。有了这二十位共同投资人，“疯子”的干劲儿增强了不止二十倍。

“疯子”没私心

别小看种菜，从种地到耕地，从灌溉设施到围栏，从购农家肥到

青嫩的幼苗，流淌着水茵茵的绿。

生物除虫剂，还有人员工资等，各类费用属实不少。“疯子”记着一笔账，每笔花销都记着。他要把这块地的产量算清，经营地的费用算清，供菜运输的费用算清，将来能产生多少利润更要算清。算这些账为啥？就为了给共同投资人与菜农算好一笔长期合作的账，既保证投资人权益，又保证菜农收益。而且，有了详细数据，这种CSA模式推广起来会事半功倍。

那天人们讨论，有的地方已经试验成功，经营得很好，现成的经取来不就行了。“疯子”学习先行，成功者的经验学着呢。同时，他要把符合当地气候、土地条件的菜品，菜品的产量、质量等数据记录下来，那样才更有说服力。

这块试验田给大家的动力是看得见的，而且这种模式在种养殖业都可以运用。现在，“疯子”正在组建合作社，除了“疯子的菜园”，还在谋划“疯子的鸡舍”“疯子的猪场”“疯子的鱼塘”“疯子的农田”……

几棵葱茏的树

春风一日胜过一日，从布尔陶亥苏木办公楼远远看出去，对面的坡上隐隐现出了一点儿颜色。近处的树在灰调子中有了一丝丝绿，比冬日里的样子精神多了。春风再吹几日，树便会迅速绿起来，期待满树葱茏的样子。

春口阳光洒满大地，大家享受阳光，我却担心自己的晒斑更严重，慢慢退到影子里。与同龄人聊天，感觉大家的童年中总有那么几件快乐的小事在记忆之河中泛着浪花。有意无意间，我们聊到了吃榆钱。有人说，小时候总是饿，等到榆树上的榆钱一串一串长满枝条时，看着就更饿了。直接捋一把榆钱放到嘴里吃，很甜，能吃饱。我小时候也吃榆钱，不知道为什么，那时去纳林果园外那棵无人看管的榆树上捋榆钱总说是去偷榆钱。

那棵榆树长在果园厚厚的土围墙（古城墙）外，树枝无人修剪，肆意生长，枝杈长得正合孩子们的心意，特别容易攀爬。我们十来个顽童，趁家长们睡午觉时，偷偷地溜出家属大院，嘻嘻哈哈、边打边闹就到了榆树下。榆树真高，榆树真绿，那种长满榆钱的嫩绿令人垂涎欲滴。小时候的天那么蓝，空气那么干净，榆钱根本不用洗，捋一大把塞到嘴里，舌头都转不了弯，然后便是用劲地嚼，那种大自然给的甜钻到了胃里，甜到了心里。

起先大家还是在树下跳起来把树枝拽下来捋，一会儿的工夫，就都上了树，男孩女孩个个如猴子附体，爬树的功夫了得，树上结出了“孩子果”。上树后吃榆钱反倒不怎么重要了，谁爬得高倒是更为重要。家长们发现孩子不在家也不在院里，就寻出来。树梢上的孩子最先发现家长们找来了，着急地催着下树。一阵慌乱，我的胳膊被树枝划伤都来不及哭，跳下树就随着大家跑开了。不管怎样都逃不过父母的批评，回家后，耳朵里听不见批评的话，注意力全在手指上呢。手在衣服兜里把榆钱拈来拈去，就等着被批评完再掏出来吃。我们总是记吃不记打，隔天就又一起偷榆钱去了。

圆圆的榆钱用不了多久就会变身，整树的叶子俏皮地为自己来了个美人尖。榆树本性并不俏皮，树干生得很瓷实，得了个“榆木疙瘩”的名。如果听到某人得一句“榆木疙瘩”的评语，那他思想肯定有些顽固。但如果家里添一件榆木家具，那就是一件美事了。榆木的天然纹路既美丽又耐看，加上质朴的色彩和韵致，还有其质地，做成家具会为家里增色不少。

树绿了又黄，黄了又绿，
不变的是童年的记忆。

我还想说一说另一棵树——老家后院的杏树。

上小学前，我总爱躺在奶奶赶的毛驴车上回老家。回老家后，关注最多的就是爷爷奶奶在后院种的那棵杏树。树上的叶密花退时，小小的杏儿上还有一层细细软软的绒毛，杏儿顶上花干了还没掉，我就开始吃杏儿了。酸也不要紧，无非是当天吃饭时咬不动东西而已。

小时候在老家住的日子总觉得是在树上过的。太阳光慷慨地照到树上，长大些的绿杏泛出红脸颊。我上了树，钻到向阳的枝条间，寻找那些率先红了脸的杏儿，一钻就是一上午，一钻又是一下午，时间在一片叶子和另一片叶子间流动，一天一晃就过去了。

杏儿由生变熟时，杏树的叶子依旧是绿的。杏儿缀满枝时，树的颜色变得丰富起来，好看得很。我总爱爬到高枝上，够树梢上的那些金色的杏儿，好像那几颗杏儿才是整棵树上最好吃的。

我一直觉得那棵杏树很神奇，从刚结出果时我们就开始祸祸，怎么能有那么多杏儿留到成熟的时候呢？杏儿熟透之后，酸甜的杏干又丰富着我的味蕾。

春天真适合回忆，一个念头便让自己在童年的两棵树间神游。地上的影子慢慢开始变长，抬头望向太阳，一朵云正好遮住了它的脸庞，太阳此时宛若蒙着橘色面纱的姑娘。在橘色的阳光中，回忆也带着暖色。那时的榆钱最甜，那时的杏儿最香，那时的树更葱茏些。透过回忆看，往事仿佛愈加鲜明。

一只鸟回到树上的巢时，感觉气温比先前低了一些，我不由得把

透过回忆看，往事仿佛愈加鲜明。

衣服往紧裹了裹。眼前的这个鸟巢位置比较低，也许是现在的孩子不掏鸟蛋了吧。我的印象中，鸟巢都筑在高高的树梢上，但依然逃不过孩子们的顽皮。掏鸟蛋离不开树，有时树上的巢是目标，有时树是工具，树旁的墙洞是目标。

记忆中，老家公社的办公大院有一排旧库房，边上长着一棵树，树叶比较大，正面是绿色的，背面是银白色的。如果记忆没有误差的话，树干上应该还有很多酷似眼睛的纹路。这棵树时不时地被孩子们光顾，它的大树叶总能帮孩子们掩盖“罪行”。爬上这棵树第三个杈往树梢方向前进一点儿，伸出一根小木棍就能够着旧库房屋檐下的那个墙洞。洞里住着麻雀，它们的蛋很容易掏。

一个晌午，我们几个孩子一起去掏麻雀蛋，没想到掏出几只还没长毛的小鸟。小鸟是粉色的，皮肤特别嫩，感觉碰一下就会破。我要了一只拿回家养。一个鞋盒子就是它的家，里面铺了些鸡毛和细细的干草。小麻雀特别能吃，总是张着大嘴等食。我给它喂面条、蘸了水的馒头、蚯蚓、毛毛虫。本以为养不活，没想到它的生命力还挺强，过了几天长出了一点儿硬刺似的毛，再过几天羽毛居然长全了。

孩子没长性，边喂边想着小麻雀快点儿学会飞吧，省得天天伺候它。我在外屋看小人书的时候，听到里屋丁零当啷一阵响，没在意。隔了一会儿去看它时，发现鞋盒是空的。当时，窗户开着，我就一厢情愿地认为小麻雀应该是飞走了吧，飞回它出生的墙洞，在墙洞旁的树上尽情地享受自由。不管怎样，我当时主观地忽略掉窗台上那只黄期待满树葱茏的样子。

花梨猫舔爪子时惬意的神情。

眼前，太阳收起了光芒，慢悠悠地躺进山的怀抱，长庚成了西边天空耀眼的星。理了理心绪，发现结满往事之叶的树，已然一副葱茏的模样。

满树杜梨待霜至

遇到杜梨树，是个美丽的清晨。全身每一个毛孔都散发着喜悦，这份喜悦应该与杜梨有密切的关系。这几棵杜梨树整齐地栽植在准格尔的一个小公园中，冠形整齐，好像精心修剪过一样。没想到小时候解馋的小果子如今能在公园里见到。

天气预报说有雨，我穿上了厚外套。远看杜梨树枝叶多姿，近看细碎的杜梨挂满枝头。枝上的杜梨成熟得不多，需要细心寻找那些深褐色的小果子。我用小时候的吃法，伸手直接摘，放到嘴里不用细嚼，籽和果肉便分离了。把果肉的滋味全部品尝完，才把籽吐掉。一颗一颗吃太斯文，一把杜梨一起塞到嘴里吃才叫过瘾。我吃得正起劲，一个小孩子直勾勾地看着我，看得我手足无措。继续自顾自地吃吧，不忍心。正准备给小孩子递过去一起吃时，感觉背后一道寒光射来，扭头，应该是孩子的爸爸。男人的目光里充满了不信任。我伸出

迎风暗摇动，引鸟潜来去。

去的手赶紧缩了回来。孩子被她爸爸拉走了，那个年轻的爸爸边走边说着什么，估计是“树上的东西不能乱吃”“不卫生”一类的话。

杜梨能吃，我小时候就知道。喜欢杜梨树，也是从很小的时候便开始了。

记忆里，春天杜梨树开花很漂亮。它是先花后叶，光秃秃的枝条上一个不留神就开满了花，原本宽敞的空间挤满了花，雪白一片。有人会折一枝雪白的杜梨花拿回家里，找个空瓶装上水，将花插在里面，大自然的明媚气息便慢慢浸润屋里的人。深秋，纳林果园的果子都收完了，看管果园的人便不管我们一群玩闹的孩子，让我们随意进出。进果园后，我们直奔杜梨树，机灵些的小伙伴“嗖嗖”两下便爬上了树。我挤不过他们，跳起来揪一根树枝，慢慢地摘杜梨吃。那时我们一群孩子根本不知道杜梨的名字，只知道它在果园里所有果子成熟后才熟，干脆就叫它秋梨。秋梨几乎是有花必有果，挂果的数量特别多，枝条上结得密密麻麻。没有成熟时，它褐色的表皮上夹杂着浅色的小斑点，吃起来特别涩，只有等到霜降后，果实变成深褐色或黑色，完全熟透了才可口。

小时候，总觉得杜梨树自成一个世界，不争春光，不争秋闹，却总有孩子们喜欢。孩子们的社交活动很多都在与杜梨有关的事情中进行：相约摘杜梨，在杜梨树下嘻嘻哈哈，边吃杜梨边讲从大人们那里偷听来的笑话。这种社交活动在孩子们中显得尤为重要。

空地上晨练的人放开了天天都在听的音乐，这些人对公园里的杜

不争春光，不争秋闹，
却总有孩子们喜欢。

梨树视而不见。也许在他们眼里，这几棵树无非就是公园里的景观树而已。

我倒是希望，自己在乡间有一间小屋，屋旁一定要栽一棵杜梨树，屋子里有扇小窗对着这棵树。春天，隔着窗数花；夏天，推开窗数叶；秋天，对着窗数果。如果有人来摘花或采果，任他去摘，杜梨树皮实得很。如果下雨，杜梨树上空映出一道彩虹，彩虹下隐隐约约有些叮咚声，人们张开耳朵倾听，多么惬意。

眼前这几棵杜梨树，悠然自得。十月，应该落霜了，等待落霜的不是树，而是一个馋嘴的人，等着吃那落了霜的小个子杜梨呢。

眼缘，一看到它俩便喜欢上了。

两株海红树就在房舍旁边。这户人家的外墙很干净，大门很干净，院子很干净，屋子里很安静。

我真想与两株多年生海红树的主人商量，把它们买下来。也许树的主人会答应，我会时不时地来看它们。春天花开满树香味四溢时，我准备好透明的水晶瓶，将花香贮好。待到秋色漫天硕果压枝时，再把果香收集好。说不准两种味道混合后，世上便多了一份独一无二的香。将此香浮于发梢，周遭定会有无数彩蝶飞舞。也许树的主人不会将树卖给我，但我会向他讨些海红果，将海红果酿成酒，约几位知心好友，在星星多的像闯入珠宝店的晚上，共饮海红酒的同时吟几句不押韵的诗。

两株海红树旁是一截残破的土墙，墙角的木板经历过多少风雨我不得而知。裂纹一条深一条浅，吸食着秋天空气中的点点尘埃、丝丝水汽，阳光充足或缺乏都与它没什么关系。倒是两株海红树上的叶子极其关注周围的空气是否清爽，水分是否充足。蓝天中只浮一层薄薄的云时，叶子随着透过云的光粼粼闪动，海红果的某个侧面，借着光显得魅影绰绰。

将自己的呼吸与海红果的呼吸调成同步，一种自得倾泻而下。于是吻一颗海红果，又踮起脚尖吻另一颗更高一些的海红果。吻下去，海红果羞答答地为自己蒙上了一层薄纱，那种娇羞太惹人爱了。平凡又普通的果子在娇羞的瞬间成为一件珍宝，值得捧在手中好好珍惜。

看一会儿海红树，再看一会儿。她们会不会是两个小妖？拖曳着缀满红宝石的浓绿长裙，和着或弱或更弱的秋风，发出时断时续的曲调。这两个小妖富于野趣，不讲规矩，随性地藏于人间。有人告诉我，这两株树上的海红果会一直挂着。等到树叶落尽、冬雪寒风后依然挂着，那时海红果会像老妪，浑身褶皱，失去了少女时充满胶原蛋白的样子，落在地上，连觅食的鸡都不吃。我不由得为这两个小妖施的魔法而赞叹，她俩是化无用为大用，让自己的果实安然地处于苏木的小角落。

学一学海红树的安然，在匆忙前行的时间长河中，偷偷地靠一靠岸。在休憩时，拢一束发丝高高盘起，袭一身长裙，倚着树枝做个“无用”的人。也可在树下抚琴、画画、读书，喝不求解渴的茶，吃不求饱腹的餐，看树、听风、闻香、冥想，让灵魂清清亮亮……

花开兮清香醉人，果熟兮酸甜味醇。独树一帜兮乡魂，思乡念乡兮情有独钟。

人与人之间需要交流，这两株海红树呢？它们会不会与远方的亲人交换信息，抑或它们只是相互依偎，享受隐于世的平凡与清静。曾经时间过得慢，一份想念、一声叮咛靠信件传递需要很长时间。如今时间走得急，那份对信件的期盼没有了，连等待的耐心也不多了。各种消息汹涌而来，人们生活在互联网的重重包围之下，很多知识不用去牢记，只需要检索，因此常常忧患，觉得自己还不如初生时聪明。我不希望自己的双手忙于意义不大的事情，将精力消耗殆尽。

两株海红树应该会读风、读雨，读阴、读晴，读昼、读夜，它们不会有稀奇古怪的论调和无法实施的计划，它们的智慧在风雨、阴晴、昼夜中灿然发光。我也应该多读点儿书了，不然，反躬自问时会脸红的。在清晨、深夜与书本多交谈，寻找一个好字、一个好词、一句好诗、一篇好文，从古典到现代，从文学到哲学，读好书，让头脑得以丰盈。

两株海红树在秋风中发出沙沙的细语，那些细语清晰可辨，如大自然书页翻开后的一行行有声的文字，这书应该是一部精美的作品。而我却无从得知到底是什么内容，只是听着这沙沙声，便心满意足了。

今秋，这两株海红树用不同于桃红、枣红、榴红、橘红的红色写着令人愉快的邀请书。尝一口微涩的海红果，感受它一直以来的纯真和简单。总听见有嗡嗡的声音，环视，没找见任何飞虫。但它一定就在周围，在一个我看不着的地方。它在唱歌？宣扬海红果的与世无争，宣扬海红果经历过冰冻洗礼后果味的奇特。

“啾，啾，啾……”小鸟扇着翅膀，飞过海红树梢，飞到不远的小路那边去了。不远处的小路上走过去了几个人，路旁的草地边还有一只无所事事溜达着的猫，头也不回地走了过去。

没人留意这两株海红树，你们没有收到它们的邀请信吗？难道绿肥红瘦的景致你们不喜欢吗？

请为这两株海红树停留一会儿，就一小会儿。

乡村虫儿欢

水面上都结冰了，有人穿着厚重的棉服凿冰钓鱼，用的鱼饵居然是新鲜的蚯蚓。钓鱼的人真是肯下本呀！

在我的印象里，蚯蚓是在炎热季节里下过雨后才能翻找出来的虫子。在乡下找蚯蚓是挺容易的，正确的时间、地点加上耐心就可以了。雨后，找一个被树叶覆盖的角落，用小棍子把树叶扒拉开，露出潮湿的泥土，再把泥土表面扒拉松，耐心地等上个把小时，就会看到棕红色的小虫子钻出地面透气。拿一个小纸盒子装满湿土，拿小棍子把几只蚯蚓挑进盒子里。一个捉蚯蚓的任务完成，一个养蚯蚓的任务开始。起初几天，“饲养员”会给小纸盒子里喷水，保持湿度。心里想着，如果不是养起来，估计它们早被鸡吃掉了；就算不被鸡吃掉，也会被雨后的烈日晒干；就算不被晒干，也会被人踩死。总之，养起来对这几只蚯蚓来说是“恩赐”，但这种“恩赐”用不了多久就变成飘飘绿衣郎，怒臂欲当辙。

了“酷刑”。“饲养员”早已把喷水的工作忘记了，小纸盒子里的泥土一点儿水分也没有了，一块一块地干裂开。当再想起那几只蚯蚓时，小小细细长长的身躯已然变成了某块干泥的装饰条纹。

没有人会哀悼几只蚯蚓，在乡村的大地上，有的是可以转移注意力的活物，比如蚂蚁。

蚂蚁到处都有，最近的就是在家门口。坐在门口的水泥台阶上，就可以观察几窝蚂蚁频繁地从洞口进进出出。它们的队伍看似杂乱，实则有序，不管线路怎么复杂，从哪里出发总会再回到哪里。有时出门的蚂蚁与归家的蚂蚁相遇，触角相互轻轻碰触一下，打个招呼继续前行，它们总是行色匆匆。不用操心它们去哪里，只要坐等，就能看到它们的“收获”——半只甲虫、一粒米、一只小毛虫、一小块果肉，还有些不知道是什么的小小颗粒。也有没往“家”里带食物的蚂蚁，也许它们爬到花朵上，闻了闻花蕊的芬芳；也许它们爬到草尖上，尝了尝露珠的清香。

如果遇到一大群孩子头对头围成个圈，一般是在看蚂蚁搬家。一个看似懂得很多的小孩子说，蚂蚁搬家是因为要下雨啦。一个女娃惊慌地站起来，说自己没带雨伞，会把花裙子淋湿的，说完便往家里跑。只要一个离开，那个由孩子们小小的脑袋围成的圈一会儿就变成了四散的点。

还有一种会飞的黑色甲虫常常被孩子们捉来玩儿。说也奇怪，只要到了傍晚，柠条丛里就会有很多黑色的甲虫。白天到处飞的它们

一年好景君须记，
最是橙黄橘绿时。

在太阳将要落山时就会乖乖地趴在枝条上，被捉时一动不动，束手就擒。我经常参加捉“路虎虎”（当地人对黑色甲虫的称呼）比赛，规则很简单，就是看谁捉得多。只要比赛一开始，柠条丛就热闹起来了。我没赢过，在我与身边飞舞的蚊子战斗时，总有眼疾手快的孩子先把小瓶子装满。其实，大家也不在乎比赛的结果，简单的快乐和小小的满足就够了。装到瓶子里的路虎虎是不会被放归柠条丛的，它们的命运是入鸡腹。

很多年没捉过“路虎虎”了，不知道它们的身影还在不在那片柠条丛中……

蜗牛

雨下了一夜，清早，祖国北方的这个苏木空气居然像极了南方小镇的感觉——湿漉漉的。清早火车唱着“哐当哐当”的歌路过苏木，原以为这样可以叫醒大家，没承想，所有的一切还是按原来的钟点醒来。

七月中旬，应该是盛夏了，托下雨的福，我感受着鄂尔多斯“21度的夏天”。喜鹊的一声呼唤从世界最美的自然音乐大厅传来，愚钝的我寻着声音向石栏走去。喜鹊正要从那里起飞，我小步追了过去，没等我赶到，它已经飞走了。抬头追着它的身影，一会儿就找不到了，也许它落到某棵树上了吧。于是，我低下头，看着路边的小石墙，意外地发现，一只蜗牛正在向上爬。

蜗牛在带着水雾不太通透的晨光中，背上的螺壳居然像和田玉一样温润，壳上的纹路清晰流畅，这应该是自然母亲精心为蜗牛雕琢那嫩嫩的身躯倔强地一直向上，那么执拗。

的。蹲在它旁边，用心听，听不到蜗牛发出的任何声音，那嫩嫩的身躯倔强地一直向上，那么执拗。难道它在寻找什么？

不远处就是广场，两匹黑马高高立于石墩之上，广场上除了这两个雕塑还有两个活物，一只棕色的小狗和一只白色的小狗。如果让我变成不属于人类的任何一种物品或生物，我不会选择成为没有生命的雕塑，也不会选择成为漫无目的的小狗，我应该会选择成为一只蜗牛。我会有计划地先爬到大树下，听大树庞大的根系吸取大地浓稠的汁液，那些根向地下深处生长，默默而又热烈，缠绕却又分离。然后，我会爬到菜田里，那些菜叶是向天空生长的根吗？最后，我在爬行的路上，探索与思考还没结束时，就被一只鸭子给吃了。

当然，我不会变成一只蜗牛。

趁着还早，我开着车溜进了村里。公鸡醒了，看门护院的狗尽职尽责地“汪汪”叫几声，羊呀、牛呀、驴呀……都已经醒了，唯独大花梨猫睡眼惺忪。没在家里安装冲水马桶那家的勤快媳妇，脸还没洗，头发也没梳，要把尿盆尽快倒掉。碰到邻居，她头一低：“呵呵，挺早啊。这几天工人就来改厕了……”

空气中的水雾慢慢散开，大地上的颜色鲜亮起来。

老乡家院子边上，种了各种蔬菜。黄瓜藤爬上了用木棍搭成的架子，嫩绿色的黄瓜似乎有点儿娇羞，躲在小黄花后面。西红柿有半人高，在大片翠绿中看见一丝红色，以为是西红柿熟了，定睛一看，原来是绑支架的红布条。没熟的西红柿青绿中泛着白，簇拥着、膨胀着。鲜绿鲜绿的韭菜种了两行，现在是一行半，那半行不知是当了佐料为汤面提味了，还是当作主料拌饺子馅了。水萝卜红色的根茎露出地面一截，太粗了，已经不能用来拌凉菜了。娇绿的葱靠在墙边，最不占地方。方方正正的一小块玉米地发出油绿的光，这里的玉米还没抽穗呢，听说，龙口（准格尔旗的一个镇）的玉米十几天前就抽穗了。这些应该是小甜玉米，熟了后煮着吃有丝甜还粘牙，挺有特点的。从院子里探出碧绿的一枝，或海红，或梨，或别的果子挂在枝上。往村外的山坡上望，暗绿与黄绿相间，有的是树，有的是草。或深或浅，或浓或淡的绿点缀着平凡人的平凡生活。

我不知将车开到哪里，随意开着，不知不觉到了壕赖河边上。这里的水位下降严重，岸边一层一层的纹路用最直白的方式记录着水渐渐变少的过程。岸边坡上，满是沙子。一户农家乐在离岸不远的地方平整了一块土地，将砖铺在沙子上就是个院子，西边一排砖房，北边一排蒙古包，东面稍远些是厕所，南面沙坡上不合时宜地放着很多涂了颜色的旧轮胎，一辆很长时间没用过的沙地摩托颓废地斜在那里。除了我，一个人也没有，完全不像某个周末有游人的晚上，那时人们会围着烤全羊大快朵颐。我突然想，假设我变成的那只蜗牛没有被鸭子吃掉，会不会被无所不吃的人吃了呢?

当然，假想的事情不会发生。

望着河里的水，我想着前年冬天在河边拍过的赤麻鸭，不知道今年冬天，它们会不会再回来这里过冬。农民们会不会在冬闲时发现它

或深或浅，或浓或淡的绿点缀着
平凡人的平凡生活。

们呢？

经常觉得那些朴实的老乡按照节令，春种，夏长，秋收，冬藏，毫无保留地依赖着大地。

蜗牛对大地应该也有无尽的依赖，它步步为营、稳扎稳打、锲而不舍、安分守己。我一直无法得知，它在这世上到底有什么样的使命，会不会它在用生来就有的房子警示着什么。燕子叼泥筑巢，乌鸦衔枝做窝，连小小的蚂蚁也会围着蚁后在地下建一个规模宏大的家。我不会和泥，不会垒砖，不会做任何与建筑有关的活儿，只能像杜鹃那样，用别人造好的房子来住。

苏木里有一处二十世纪七八十年代造的老房子，土打的墙、木质的椽檩支撑着房顶，所有的建筑材料都来自大地。屋子不大，但足够使用，可做饭、可休息、可放置物品。置身于小院当中，一切都顺其自然，日子可以过成《击壤歌》中写的“日出而作，日入而息，凿井而饮，耕田而食”。现在的建筑与曾经的不同，现在的生活与过去更是不一样了。

一个早上就这么过去了。工作时，日头渐烈，空气中的湿润全部消散。

太阳从东至西，在天空中画了个半圆。黄昏降临时，草地上还有几匹马在吃草，不远处传来羊“咩咩”的叫声，也许它在呼唤顽皮的小羊回到自己身边。苏木完全被夕阳的余晖笼罩着，给人一种宁静、健康中夹杂着一丝甜美的感觉。女人们做好了晚饭，喊到处疯玩儿的孩子回家。男人们或三五一伙聊天，或三五一伙喝酒。暮色已浓，苏木迎来了漫漫长夜。

这时的蜗牛休息了吗?

我没回宿舍，呆呆地看了一会儿橘色的月亮，顺着办公室前的路灯一路向东慢慢走着。路灯是太阳能的，灯光很亮。我的影子随着灯光舒展，拉得很长。居民小区的灯亮着，家的温暖从窗户溢出。走着走着，脑中生出万千思绪，没有乱成麻，丝丝清晰。人和人的距离靠双脚可以拉近吗?我发觉，两只脚不管怎么使劲儿走，都不能让两颗心挨得更近。心怎么才能更近些?靠邮局?靠车站?靠手机?还是靠电影院?也许只要面对面多吃几顿饭，无须多言，只要一起品尝最自然的食物就好。

我走到没有路灯的路口，折返，抬头，橘色的月亮周围发出了比先前更均匀的柔光。回巢的鸽子呼扇着翅膀，路旁树叶“沙沙”作响，草间虫儿轻声歌唱。有一小段路，灯的光照不到，低下头，发现影子边上居然有一圈弱弱的光。光是从哪里来的?我正琢磨着，音乐声传来，准确地说，是吉他的声音，生动有力。这乐声让夜色变得妩媚起来，脚步不由得又轻又快。还有!还有!一个声线漂亮的男高音，轻声唱着:“哈里路呀，哈里路呀……”多么美的声音!上苍总是会送给人一些礼物，有时是一双灵巧的手，有时是一副动听的歌喉，有时是一颗善良的心，有时是一次美丽的邂逅。我知道，此时，吉他手、歌者与我，同时接受着上苍的馈赠。

日出而作，日入而息，凿井而饮，耕田而食。

月亮落下，太阳又升起来，这是昨天的那个太阳，还是另一个？

我匆匆赶到头一天发现蜗牛的地方，仔细寻找，怎么都找不到它的踪迹。一群麻雀叽叽喳喳，叫得人心慌。蜗牛是预知到我要来，提前躲了起来，与我保持着距离？抑或像儿歌里唱的，向着某个目的地进发了？我在那面小石墙前来来回回，目光停在了一个不起眼的小砖块旁。一个蜗牛的硬壳粘在那里，没有一丝生机，那撑着嫩嫩小触角的身体不见了。我在那里呆看了很久，久到一只什么鸟飞过，将屎遗落在我脚边。在这里，我居然做了个噩梦。梦中蜗牛每向前一步身形就变大许多，几步之后，一只巨大却温顺的蜗牛屏着呼吸，生怕惊扰了谁。天上的云转出了一个又一个漩涡，说着只有蜗牛才听得懂的语言。忽然间，蜗牛身上的壳爆裂，我只能掩着头蹲到角落，任凭那些碎片劈头盖脸地落下……梦醒时，我蹲着，就在那个小硬壳前。

那个硬壳平静地、孤独地粘在砖上，不会有谁感到悲伤，只是发现它的我心绪有一点儿无法平静。

家属大院

路边积着雪，一个穿着藏蓝色长棉袄的人走在路边，像一抹鲜艳的色彩走进了白色的宣纸。楼下十字路口的红绿灯有序地闪烁着，一辆黑色的小轿车在白雪覆盖的路口扭来扭去。别的车不敢走，停在路边观望。雪下了一夜，清雪车还没清到这个路口。我没下楼，雪太大，去不了单位。我被困在鄂尔多斯这座城市中的一栋小楼里，抱着暖宝宝盘腿坐在阳台上，看着窗外发呆。楼上传来了孩子走动的声音，我心想：真可惜，这么好的下雪天在家窝着。我小时候，这样的下雪天早跑到院子里与大院里的孩子们一起玩闹去了。脑海里莫名涌出了在纳林小学家属大院里发生的几件事。

第一件事是熬年。大年三十，大院里染满了红色，门上、窗上贴上了对联、福字，房檐上挂起了红灯笼。有的玻璃上贴了用红纸剪的窗花，有的窗户上挂起了红色的拉花彩链。晚上，每家门前的旺火

夜里，雪悄悄洒落。

都点着了，红灯笼亮了，整个大院红艳艳的。我们十几个孩子夜里不睡觉，把鞭炮拆成单个的，装在新外衣的大兜子里，点上一根粗粗的放炮香，围着旺火，点燃一个鞭炮就赶快扔出去。一个鞭炮不长眼地跑到毛琴的脚边，一炸，吓得毛琴又叫又跳，我们却“咯咯”地笑起来。玲姐比我们大得多，不和我们这些“小炮仗”玩儿，但院里的声音大，她拉开门看看，同我们一样笑着。那时的鞭炮不经放（主要是买得少），一会儿就放完了。我们可不会呆呆地等天亮，一群人到了飞哥家打扑克。飞哥的妹妹慧慧不会打扑克，只能在边上守着，看我们一会儿脸上贴纸条，一会儿头上顶枕头。慧慧坚持到后半夜，眼皮就算用火柴棍也支不住了，靠在墙边睡着了。大毛和二毛也困得坚持不住，于是我们琢磨着怎么才能熬到天亮。肚子里“咕噜噜”的叫声阻止了我们的思考，我们便把所有的精力转向了找吃的。找吃的太容易了，每家外屋都放了糖果、小点心、瓜子、花生……记忆里，好像不会放什么水果。仔细回想，那时秋天去果园买点儿苹果呀、梨呀，放到山药窖里，储不了多长时间。如果过年摆放水果，应该也就是些醉枣、海红果。夜越来越深，大人们差不多都去睡了，我们一群小饿狼轻手轻脚地推开这家的门拿些麻花，推开那家的门拿些花生或别的吃的，吃上点儿饿就止住了。正月初一，天还没亮的时候，二踢脚的声音就炸响了安静的纳林，一会儿炮声便连成了片。大人们都参与到了放二踢脚的队伍中。我们十来个娃娃困得不成样子，任由迎新岁的炮声响着，我们却各回各家睡觉去了。如果这时候做梦，梦应该是红雪终于停了，茫茫的田野一片雪白。

色的。

第二件事是养蚕。那时我十来岁，大院里一个哥哥不知从哪儿淘到了几张粘满小黑点的纸，几个孩子每人分到一小块纸，放到随手找的盒子里。春天树叶还是小尖尖，小草也露出小尖尖时，小黑点受了暖，一个个黑色的小细线般的蚕宝宝出生了。我不知道该给它们吃什么，大院里的“万事通”告诉我蚕吃桑叶。去哪儿找桑叶呀，树上的叶子都没长大呢。“万事通”又说：“先给蚕宝宝吃叶叶菜吧。”我、大毛、二毛、毛琴便出现在学校外的空地上、果园边的田地里——找叶叶菜。果树开花时，我们一直在果园里给蚕找叶叶菜吃，果园的看园人不管我们，随我们进出。蚕宝宝蜕了几次皮后，果树上结出了小果子。绿色的小杏儿特别酸，我们几个忍不住杏儿的诱惑，采了叶叶菜后便摘了些绿杏儿吃。看园人赶我们走，我们跑出果园，跑得太快了，鞋上的带子都跑断了。后来，宇哥带着我们找到一棵桑树。桑树的叶子大得很。摘一次够蚕宝宝吃一个星期的。这时的蚕宝宝身体白里泛些青，沿着桑叶边往里吃，吃得细致，有时叶脉留得特别完整。刚开始我们没在意桑树上绿色的小果实，后来，我们发现树上的小果实紫得发黑。那时，我们不知道桑葚可以吃，宇哥胆子大，吃了几颗，满嘴紫色，尤其是嘴唇，颜色看起来很奇怪。我们一直盯着他，他突然按着肚子叫起来，看起来很痛的样子。我们吓坏了。一转脸，他指着发呆的我们大声笑我们傻，说这么好吃的果子都不知道吃。我试着吃了一颗，真甜。顾不上别的，看着颜色深的桑葚直接摘下来放到嘴里。转头看别的孩子，一个个都变成了“紫嘴小怪物”。吃够了，才想起蚕还饿着呢，便拔腿往家跑。

只要你喂饱了蚕，它变化就很快。蜕几次皮后便长得指头粗细，白白胖胖的。不想写作业时，我便捉一只蚕来研究。它身体一节一节的，肚皮上长着很多小小圆圆的脚，摸起来非常软。记得蚕宝宝最白最胖的时候，大院里办了一次喜酒。王姐姐要出嫁了，我们几个孩子挤在大人中间看热闹。新郎官到了后，一会儿吃包了辣椒的饺子，一会儿又给端了一碗面。这碗面条里肯定和那饺子一样有古怪，果不其然，一条白胖白胖的蚕被从面条碗里挑了出来。周围的人都笑了，我却忍不住难过，从人群中退了出来，三步并作两步跑回了家，抱着蚕宝宝住的小纸盒子哭了。蚕越长越大，后来蚕不吃食，只顾着吐丝。蚕把自己包裹到白色的茧里，又过了几天，茧里钻出了小白蛾。把小白蛾放到一张纸上，它便产下细细密密的黑色的卵。后来那些粘满黑色蚕卵的纸不知所踪，那些白色的蚕茧蚕丝与其他童年里收集的宝贝——糖纸、烟盒一样，都遗失了。

第三件事是换豆腐。大院里住着六户人家，除了我的爸妈都在学校上班，别家的父母是一人在学校上班，另一人做别的工作。比如王老师家的阿姨会织地毯，乔老师家的阿姨会做豆腐。乔家阿姨很勤劳，把平时用做小凉房的南房改成了豆腐房，一口大铁锅和锅上方的纱布滤网架差不多占了小屋一半的地方，另一半地方放着一台磨豆子的机器、几个大水缸、一个木头槽。乔家阿姨清早就开始忙，把泡好的豆子磨成糊糊，铁锅里盛大半锅水，豆糊糊从纱布上过滤后直接进到锅里，豆渣子剩在纱布上。乔家阿姨从大水缸里舀出一桶卤水，一瓢一瓢点到大锅里，一会儿锅里便出现一朵朵豆腐花。大笊篱把豆腐花捞到铺好纱布的木头槽里，一大锅豆腐花正好一槽。豆腐花捞好后，最上层铺纱布，纱布上面盖上木板，木板上面压三块石头，等水压得差不多时，豆腐就做好了。乔家阿姨做的豆腐又白又香。

我家吃的豆腐是换来的，一个黄色的搪瓷小盆里装些豆子，到乔家阿姨那里称一称，一斤豆子换两斤豆腐。每斤豆腐需要付两角钱的加工费。因为家里吃豆腐总是换着吃，所以我怎么想都想不起当时豆腐的价格。当时我们换的豆腐不像现在的豆腐白嫩，会有点儿老。豆腐拿回家时还冒着热气，让母亲切下个豆腐角撒点儿盐，我和弟弟就先吃上了。冬天，我们会多换些豆腐，把新鲜的白色豆腐冻到凉房，冻成黄色的冻豆腐。冻豆腐全是小孔，炖肉或烩菜时，汤汁进到豆腐里，很有滋味。

记忆在家属大院中穿梭，想起了一些事情，也找到了一些声音。我找到了打炭声、切菜声、倒水声，找到了笑声、哭声、谈话声，找到了麻将声、碰杯声，找到了孩子们的窃窃私语声，一切似幻似真。

人生中有些往事是岁月带不走的，纳林小学的家属大院在我记忆的夜空中总是闪亮着。

软雪

夜里，雪悄悄洒落。这场雪没有寒风相送，没有天女引路，雪花安静空灵，轻盈透亮，美丽动人。清晨，整个东胜变得晶莹剔透。小城的身影被雪描出了银色的边，只因这一抹银色，动人的气质尽显。

期盼中那一场雪，雪花片片如盘，飘飘洒洒，纷纷扬扬，能让东胜着浓重的雪妆。雪落时在东胜怀中聆听一场久违的雪，听雪声比赏雪景更加缠绵。今日的雪与期盼中的雪不一样，我无缘欣赏雪落之声，只是浅解对雪的相思之情。人在雪中照见了自己，捧一把雪在手心，总有一片小雪花将思念摇曳在心头，仿佛也照见了思念的人。

脚踩在雪地上，仿佛踩到了软软的白棉花，一串崭新的脚印出现，有点儿不忍心破坏纯洁的画面，忙离开，却又在洁白的画布上添了更多黑色斑点。不远处红墙顶上的雪格外干净，不由得走过去，踮起脚尖，把脖子伸长，闻一闻雪，不防，一股冷香入鼻。

雪花安静空灵，轻盈透亮，美丽动人。

听说极寒的天气，人们说的话会被冻成冰块，当时什么都听不到，彼此只能抱着对方变成冰块的话语回家慢慢煮着听。如果说得情浓意浓，多浪漫呀，定要小火慢慢炖来听。如果是粗言恶语，便不去细听，架在火上一烤了之。

化雪煮言语实难做到，化雪煮杯茶反倒容易些。人们常说，月明时看月，落雨时听雨，风过时拂风，雪落时淋雪，慢一点儿，再慢一点儿，抚平日常的快节奏。如果雅兴至，将自己置于茶室，在满屋茶香中，来一次短暂的停驻。清茶入口，慢点儿，再慢点儿，轻点儿，再轻点儿，赏汤、品醇、回味，不失为一种放松心灵的选择。

想到煮茶，便生暖意。母亲阳台上一株千日红安逸地享受着屋内的温暖，一闪念，将它与雪拍组合照不知是什么模样。真是奇妙，当把千日红置于雪中，一个普通的日子瞬间变得生动。千日红周围的空气仿佛流动起来，飘出一曲空灵的音乐，小雪花随着音乐为千日红或驻足，或舞蹈，愉悦悄然滋生。世间的缘分真是不能用言语准确描述，千日红肯定没有想到一生中还会遇到雪，这缘分浓而不烈，淡且清雅。一生中有一次这样的相遇便柔软了时光，美丽了世界。

这软雪可以慰藉，明日重温初见，未来依然眷恋，只要见到款款而至的雪花，不需言语，便会懂得。

这软雪可以疗伤，昔日曾有烦忧，过往曾有苦愁，被一场雪覆盖，他日雪化，一切随之消散。

软雪，此时正在书写着光阴的故事。这故事既平凡，也不凡。

一生中有一次这样的相遇便柔软了时光，美丽了世界。

雪地上相偎前行的一对人儿，许一颗初心不变，绘一幅岁月的画卷，让一分美好绵延。将每一次对视时眸中的情意，每一次心跳时血管中的激动，每一次牵手时掌心的温暖，写成诗句，在雪中着笔，执字落念。

愿所有故事，都可在雪中着笔，执字落念！

愿所有故事，都可在雪中着笔，执字落念！

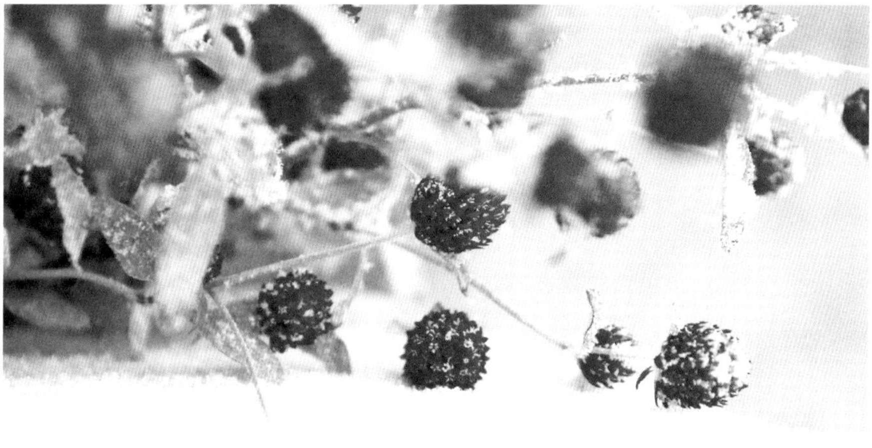

遇见马兰花

我曾倔强地认为，自己见识过马兰花的美。但当我的双脚踏在鄂尔多斯的鄂托克草原上时，才发现，自己的倔强是多么不堪一击。放眼望去，尽是蓝盈盈的马兰花，这哪是花呀，分明是草原上千万只翩翩起舞的蓝精灵。细看，每个蓝精灵的羽翼都迎着太阳显出美丽的花纹。马兰花瞬间明媚了我的眼眸，震撼了我的心。

晨光中，一群大绵羊领着小羊羔在马兰丛中撒了欢。起先我以为它们是见了我们几个陌生人有点儿害怕，要躲远点儿。过了一会儿才从同行人口中得知，早晨羊儿总是欢实的。到了日头高时，想让羊儿走几步也难。我问骑着摩托车赶羊的老额吉：“绵羊爱吃马兰吗？”六十六岁的老额吉说：“这段时间不怎么吃马兰，因为别的草还嫩呢。等到秋后，草原上大多数草都枯黄了，羊呀、牛呀才开始吃马兰。”

微微的风拂过发梢，也拂过马兰。

回过头，羊群已经穿过成片的马兰，走到了银白色的针草丛。大绵羊还没有剪毛，体形圆润，晨光为它们披上了金色的衣裳。小羊羔一会儿学着羊妈妈的样子吃几口草，一会儿跪在羊妈妈肚子下面吃奶。近处是马兰，稍远些是针草中的羊群，再远些是刚跳出大地怀抱的太阳，整片草场甚是灵动。

蹲着看马兰，腿一会儿就酸了，我干脆坐到了撒满羊粪蛋的草地上。微微的风拂过发梢，也拂过马兰。有几朵正盛开着，有几朵已经卷了边，像是要凋谢的样子。看着马兰花，我浮想联翩。它绽放时，似活泼的浪花，在碧绿的草原上跳跃；似坚定的小舟，在波光掩映中畅游；似娇弱的蝴蝶，在不知疲倦地飞舞；似轻柔的衣袖，在花香飘溢中舞动；似前世多情的眼神，在今世又一次对视。

思绪扩散，扩散……

在历史的长河中，马兰是有一席之地的。它很早就进入了人们的视野，在孟子的《家语》、屈原的《离骚》、李时珍的《本草纲目》中都有对马兰的记述。而且马兰的分布很广，我国西部、中部、东部、北部、东北部，都有它的身影。马兰花呀，草原儿女的故乡花，不论它在多远的地方出现，见到它就会想起房前屋后、草场山坡、道旁路边的蓝色小花。也许正因有了马兰，我才解了游子的缕缕思乡之情。

马兰是可以种植的。马兰的种子像个小球，表面有一层像蜡一样的物质，颜色是棕褐色的。种植后最好可以浇些水，无水也行，非

细看，每个蓝精灵的羽翼
都迎着太阳显出美丽的花纹。

常抗旱。只要出了苗，第一年就会分蘖，会有十到十五个小枝杈，第二年就能成墩成丛，第三年就会开出花了。从此，这片土地上的马兰年年春天都会开放。马兰为什么耐旱？也许是因为它根扎得深吧。有人把多年的马兰根挖出来制作刷子呢。其实马兰全身都是宝，花、种子、根能入药，花晒干服用可利尿通便，种子和根可以退烧、解毒、驱虫。也许正是因为马兰的诸多优点，加之马兰花在鄂尔多斯广泛分布，它便顺理成章地成为鄂尔多斯市的市花。

市花应该被赋予一定的精神内涵吧，是因顽强生命力而来的拼搏精神，还是因极强的适应能力而来的扎根精神？我个人更愿意依它的别名“祝英台花”来看它。马兰花应该是位美丽的，为了爱情一直坚守的姑娘，是今生缘未了下辈子还要接续的姑娘。马兰花让我想起一位鄂尔多斯姑娘。她生在准格尔，人们叫她妖精太太，至于本名，人们已经不去深究了。她的爱情满是惆怅。她勇敢地追求真爱，哪怕最后以悲剧收场。与鄂尔多斯相邻的陕北有一首民歌《兰花花》，歌里唱的那位姑娘虽然最终没有与心爱的情哥哥走到一起，但她的忠贞不渝被传唱了很久。我不由得哼唱起来：

青线线那个蓝线线，
蓝个盈盈的彩，
生下一个蓝花花，
实实地爱死人……

风清蝶舞曳蓝紫，
露湿花馨凝雾烟。

我见到我的情哥哥呀，

说不完的话，

咱们俩人死活哟，

长到一搭搭。

咱们俩人死活哟，

长在一搭搭。

如果兰花花与妖精太太化作马兰，她们就可以与情哥哥相守永世永生。

我轻轻采了一朵，又采了一朵，应该没被草原发现吧。即使发现了，以草原的宽广胸怀，应该会宽容我这个“采花贼”吧。手中的花记录了我这次切切实实的遇见。

到草原吧，与马兰花相遇，绝对不负遇见。

爱上秦岭浅秋

从计划穿越秦岭之旅开始，心中便充满期待。各种念头占据脑海，那个最大的念头就是想拥有一小段精彩的秋色时光。秦岭的浅秋不负我望，每一片叶、每一滴水、每一块石、每一朵云、每一缕阳光，都是我想象中的模样。看过几首写秋天的诗，诗里秋凉落叶，有许多悲伤。为什么我悲伤不起来呢？叶子从树上落下来，不是投入了大地的怀抱吗？这应该是一种幸福吧。我不为落叶悲伤，反而为落叶暗喜。寻到一片落叶，便觉一抹温暖入眸。

也许是身处山中的缘故吧，感觉吸入的空气微凉。这里的天空澄澈高远，大地平静踏实。被秦岭的浅秋包裹的我，滋生出一种被爱包裹着的感觉，这大大的怀抱既温柔又贴心，满满的全是懂得。我斗胆摘下一朵小小的野花，手中仿佛捧着生命的真诚，握着无限的欣然和美好。抬头，没有满眼的浓烈的色彩，不同层次的绿是那么安静。

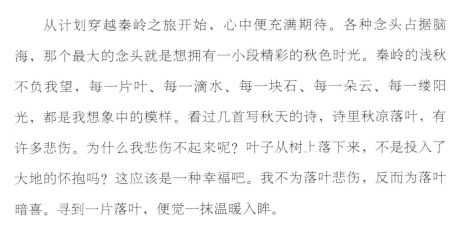

被秦岭的浅秋包裹的我，滋生出一种被爱包裹着的感觉。

与夏日的喧闹不同，秦岭的浅秋宁静而简单。山顶浅浅现出了些许红色、橘色、黄色，只是浅浅的，多重的心事都在这浅浅的颜色中淡了痕迹……

到了秦岭，怎么可以不到山巅？站到浅秋中秦岭的山巅，我获得了特别的惊喜。山巅的云海，浪头一下子涌了过来，我一瞬间置身于仙境之中。云浪一浪接一浪，或高或低，一会儿直端端地来，一会儿打着旋儿地滚。皮肤享受着凉凉的惬意，内心生出一种特别的感觉，那种感觉说不清、道不明，就像喝了一点儿酒，微醺又清醒。我要把这种景致留下来，心念一动，便行动。手机架到刻着“天圆地方”怪石旁边的栏杆上，按了红色的启动键。云知道了我的心思，努力展现着卓绝的身姿，从浓变淡，慢慢散开，山顶的容貌一点点清晰起来。当能看到远处山峦的样子时，云又顽皮起来，把刚刚撤去的云纱重新拢了起来。我内心全是满足的感觉，收获到旅程中唯一且特别的一段延时录像，简直太棒了！

坐着缆车下山时，我还有些恍惚。刚才是梦吗？是梦！浅秋如梦，我喜欢这种有点儿不真实的感觉。

秦岭浅秋里的美丽真多，比如树上亮丽的柿子和藤上可爱的猕猴桃，比如棣花古镇里晾晒的辣椒和惹人馋的小食，比如同行的美女姐姐充满阳光的笑容。一切都在不经意间美丽起来，一点儿一点儿让秦岭的浅秋更纯净，更动人。

路途中，美女姐姐说：“脸上的笑容是一个人最好的样子。”的多重的心事，都在这浅浅的色彩中淡了痕迹……

确，当我们意外地来到世间，只要充满笑意地活着，便可活成与众不同的例外。哪怕车外秋雨绵绵，车内依然阳光灿烂。

同行的人应该都喜欢这浅秋吧，喜欢秋色轻轻地摇曳，喜欢秋风中裹挟的温润，喜欢秋枝上累累的殷实。

一路行，一路听，感受着错落有致的音符。

一路行，一路品，品味几行宁静淡雅的文字。

一路行，一路赏，置身一切纷扰之外的佳境。

我的心灵深处，慢慢地，稳稳地，有了对秦岭的深情，有了对浅秋的爱恋……

不忘甘南

入了甘南，眼前便会出现不同的绿色线条勾勒出的美得不可方物的景色。总以为会摄影的人才能拍出大片，其实不然。到了甘南，一个对摄影一窍不通的人也可以拍出美出边际的照片。双脚踩到绿毯上，一缕风携着草香入鼻时，甘南超凡脱俗的气质瞬间打动了我的身体与灵魂。

那天，甘南不言不语便洗掉我的一身烟雨，掸去我的两袖微尘。定神想想，甘南这些路是一定要走的，或平坦畅通，或崎岖难行；如同命中注定的人是一定会遇见的，或擦肩而过，或相守一生。原始的森林、无垠的草原、蔚蓝的天空、纯洁的白云、古朴的村寨、五彩的经幡、朝圣的藏民、着红袍的喇嘛……这些无一不让我云水禅心、自在安宁。

也许千年之前，我与甘南就有一个约定吧。如今的我与甘南，要

甘南不言不语便洗掉我的一身烟雨，掸去我的两袖微尘。

一同感受生命的悸动。到了甘南，她让憨憨的土拨鼠为我送上难得的信任，让美丽的梅花鹿给我一记深情的回眸，让淡定的牦牛帮她掩饰千年之约兑现的激动。达尔宗湖的水那么平静，细细的波纹让远行的人怅惋。郭莽湿地的河水那么柔滑，至纯的清冽让远足者不禁随水而舞。桑科草原的绿毯那么葱郁，不由得让孤独的人想把它扯下裹在身上。扎尕那的夜色那么诱人，忍不住让多情人尽情把月光揽入怀中。杂夏格峡谷的原始那么纯粹，神秘的韵律让诗人的沉吟都在颤抖。

那草原上的小羊，眼睛是那么善良、那么明亮，一声“咩”让草色更加艳丽。那滑过苍穹的鸟儿，鼓翅展现飞翔的力量，一弯优美的弧线把天空衬得更加别具一格。那藏屋旁的白帐，引得多少情郎张望，一段又一段动人的故事从帐中流出。还有那美丽的藏族姑娘，舒展着优美的舞姿，搅动起人们一阵又一阵的遐想……

又是在梦中与她相见，梦中的甘南更美、更诱人。从甘南回到内蒙，身体离开了她，梦却常与她牵绊。

美丽的梅花鹿给我一记深情的回眸。

用思绪远游

微信扫码

- 苏木风光
- 时光照片
- 声动心弦
- 电子书

北方的隆冬，一日更比一日冷。北方的人们在室外感受天寒地冻，在屋里享受温暖如春。这几天享受这份温暖有一点儿无可奈何，各路消息传来：不外出、戴口罩、远离人群。此时，家里的温度计显示二十四摄氏度，不热也不冷。无事找事，整理衣服，找出一件黑色半袖衫。这件衣服曾经陪我感受过冬天南方的温暖，那时，厦门也是二十四摄氏度。

用回忆再读曾厝垵，读它上空金色阳光的清澈透亮，读它面前海水演奏的乐章、情侣们相爱的模样。读它明面上的忙碌、掩藏着的恬静、与北方巨大的视觉差别……冬天的厦门给久居北方的人惊喜，看出去满眼都是绿色。作家郭姐久居海南，她曾对我说：厦门冬天的绿色缺乏生机，春天新长出的叶子好看，那种新鲜的嫩绿色才显得生机勃勃。她感受过南方绿色的轮回，简单一句话便使我向往南方的春天。如今我身处冬季的厦门，已深感幸福。我领略着这里完全不同于鄂尔多斯的景色，在我眼里，那叫不上名的深绿色树叶已然光鲜得不得了。一大丛一大丛三角梅既美丽又强壮，完全不似我家中阳台上花盆里那柔弱娇媚的样子。海水在阳光下温柔地拥抱着厦门岛，如果大海是妈妈，那么这里的人多幸福，呼吸间全是妈妈的味道。

我觉得厦门很浪漫，曾经的小渔村曾厝垵如今很文艺。我忍不住想写写曾厝垵。

曾厝垵位于厦门岛东南部，面前是一望无际的大海。它没有“海上花园”鼓浪屿的名气大，但在熙熙攘攘的人群中，你能找到它留存的纯朴和美好。在曾厝垵，可以把生活节奏放慢。午后，或坐着吹吹海风，或细品一杯清茶，或漫无目的地闲逛，或阅读一个个背影。

在沙滩上看到一对白发老人携手同行，一行字在我脑中飘过——“走着走着，一不小心就白了头”。继续走着，看到一个背影很像姜姐，追过去，不是。想起了姜姐说过的两句话：“海风里也有紫外线”“就这么愉快地决定了”。不深究姜姐的第一句话有没有科学道理，皮肤本来就黑的我意识到应该转个场了。肚子相当及时地告诉脑子：该吃饭了。下一个目标是找吃的，哈哈，就这么愉快地决定了。

曾厝垵的美食街里尽是颜值颇高的吃食。据说，那些小铺已经经营了上百年，独具特色的小吃、面带笑容的营业员穿梭在彩虹般的颜色中，招得过路人忍不住与美食来一次舌尖上的艳遇。我是个矜持的人（主要原因是对部分食物过敏），不敢对一见倾心的食物下手，总

在熙熙攘攘的人群中，你能找到这里留存的纯朴和美好。

要问问原材料是什么，配料加了什么。营业员热情招呼着付款的人，我的问题等一下才能回答。可惜，我的时间也无法过多地留给等待，于是在营业员没有准备好我的答案时，我便离开小铺，去寻找别的可以下口的东西了。

美食不负有心人，终于找到了一个干净而可爱的铺面。各种面食的照片很好看，香味快从照片里溢出来了。沙茶面是这家店的主打面。它是汤类面食，与兰州拉面不同，与内蒙古的臊子面也不同。它的灵魂是沙茶酱，里头包含了虾干、鱼干、葱头、蒜头、老姜等食材。吃惯了牛羊肉臊子面的我，觉得沙茶面的味道既新鲜又诱人。最可爱的还是它的价格，很亲民。吃完一碗觉得意犹未尽，想着还有那么多的铺面没转呢，才缓缓地起了身。其实，曾厝垵里有太多的美食，只要用心找，总有几种符合自己的口味。曾厝垵临海，虾呀、螃蟹呀、扇贝呀、海蛎子呀、海螺呀、蛤呀、鱿鱼呀，还有些我叫不出名来的小家伙，这些海鲜的新鲜程度完全不用担心。北方吃海鲜时，不自觉会有诸多疑问，而身处曾厝垵，问题都不知道该怎么问。各种烹调方式制作的海鲜，诱惑着每一个经过的人。接受诱惑吧，给自己一个当吃货的充足理由。

吃饱了，便找把高脚凳，坐着，傻傻地，呆呆地，呼吸着曾厝垵的美好。这些美好应该以秒为计量单位，坐在那里，便是一个“富翁”。眼前走过很多人，有的脚步匆匆，有的缓缓前行。我看不出人们对曾厝垵的态度，只能用仅有的脑力思考思考人生。人到不惑，好

在这里，可以把生活的节奏放慢，享受生活的美好。

像是人生的又一个黄金期，多少明白了些自己想要什么，多少有了些善解人意的雅量，多少可以享受一丝工作和生活的乐趣。多少明白了幸福就在一扇门内，如果它不出来迎接你，你完全可以大大方方地去敲门。如果幸福不来开门，我们是不是可以破门而入？想着想着，觉得自己有些可笑，站起来，逛一个又一个小店，把自己武装成被幸福包裹的人。

回忆又带着我游了一回曾厝垵，希望不远的将来可以再去一次厦门，之前浅浅地阅读，有些简单，有些轻松，再次去时，要认认真真、仔仔细细地深读曾厝垵。在深阅读时，放缓生命的脚步，体味心中的感动、生命的感悟。

深秋芦苇暖融融

阳光晃着眼，但有风吹着，身上并不暖和。路旁的树叶中绿色暗淡了，黄色却跳脱出来，兀自明媚着。一群黑色的鸟从头顶飞过，我敢肯定那不是大雁，但究竟是什么鸟，我无从知晓。目光随着鸟群放远，再放远，落入了一大片芦苇荡中。

那么一大片芦苇，芦苇花在阳光下发出银白色的光，银光一波一波勾住了我的魂，不自觉地向芦苇荡走去。进芦苇荡好像没有路，一个用木材搭的建筑就在芦苇荡的边上，要进芦苇荡必须穿过这栋木楼。可是木楼边上围了一圈木栅栏，木栅栏外长着或高或低的芦苇，几乎没有空地。小木楼后面有一条栈道，看不到尽头，应该是延伸到了芦苇荡深处。我摸着齐胸的木栅栏，心里涌起莫名的冲动。没用同行人搭把手，我自己居然利落地翻过木栅栏，钻过木门，站到了那条被芦苇拥抱着的栈道上。

若说，繁花瘦怎奈秋，
那么，绿树羞只能秋……

栈道两旁的芦苇长得很高，比我高出很多。站在栈道上，根本瞧不见芦苇那边的身影。有风从侧面吹来，芦苇越过栈道旁的栏杆，用芦苇花扫过我的脸。抬头，高处的芦苇花摇曳起来，摇曳中有股子韧劲，风停，摇曳也停。如果不认真看那摇曳，痕迹会一下子被风带走，什么也不留下。

我上一次身处芦苇荡是什么时候？哦，想起来了，是那一年去白洋淀的时候。那时天很热，芦苇绿得有些腻。芦苇一株挤着一株，叶相交，根相绕，不可分割，长成一大片，长成一座座小岛。水是绿的，芦苇是绿的，我们坐的小船在水上划出长长的绿色尾巴。当时，我对芦苇荡没有什么特别的感觉，也许去白洋淀更重要的是看那千姿百态的荷花，也许是未到深秋。

脑中跳出《诗经》中的句子：

蒹葭苍苍，白露为霜。
所谓伊人，在水一方。
溯洄从之，道阻且长。
溯游从之，宛在水中央。

那苍苍芦苇旁，那在水伊人与爱慕者朦胧的画面，几千年之后愈发清晰，愈发美丽。看着眼前的美景，觉得从栈道那头会缓缓走来一位《诗经》中才会有的美人。她从古风中走来，从梦中走来，却没有

如果不认真看那摇曳，痕迹会
一下子被风带走，什么也不留下。

一丝旧的气息。她左脚风雅、右脚静谧，一袭长裙、一件素袄，一双素手、一脸清澈，嘴角漾着浅笑，眼眸流转缠绵。但栈道那头同方才一样，谁也没有走来……

我们作为闯入者，心里有点儿慌，生怕会被路过的人呵斥。怀着小心翼翼，我们走到了栈道的尽头。眼前豁然开朗，一个木质的平台伸进了水中，水面在阳光下泛着波光，水中有一排木桩，每个桩头立着一只鸟。那鸟是之前从我头顶飞过的那些吗？应该是的。我注视着那由水、木桩、鸟构成的画面时，一句“你们应该早点儿来”从平台一角传来。我被吓了一跳，转头一看，是一位垂钓的大爷。他坐在那儿，很认真地对我们说。我问：“早点儿来？”他说：“前段时间这儿是红汪汪的一大片，拍照的人可多了。”他说完，我才发现，芦苇荡外是一大片枯了的荷叶。是呀，早来数个月，肯定可以看到大爷描述的“红汪汪的一大片”。又与大爷聊了几句，才知道他天天在这个位置钓鱼，钓多少鱼说不准。不由得羡慕起大爷，可以尽情享受自己的那份静心。从木质平台折回栈道时，我才意识到为什么没有人呵斥我们。我们不是闯入者，我们应该是被这美景吸引的仰慕者，是被宽容的那几个。

身处栈道，舍不得离开。眼前的芦苇叶子是黄的，阳光斜着洒下来，叶子在阳光下仿佛变成了黄色的精灵，摇曳着风情万种的腰身，与那白色芦苇花幻化成的活泼的银色精灵一同舞动，织出了一网迷蒙的梦。梦中，我是一只长腿的水鸟，依傍着芦苇，享受着空气中游丝

眼前豁然开朗，水面在阳光下泛着波光。

般的清香；梦中，我是一尾小鱼，徜徉在水中，观赏着水中芦苇花曼妙的身影；梦中，我是一只展翅的飞鸟，飞翔于空中，聆听着芦苇们关于深秋的絮语。梦外，我只是一个普通人，但我愿融化于这片芦苇荡中，恰如诗人融化于诗句，歌者融化于曲调，画家融化于墨色。

阳光还是有些晃眼，风还是一阵一阵地吹着，我身上却因这芦苇变得暖融融的。

真想虚度时光

真想虚度时光，呼吸着周围充满蒿草味的空气，哪怕我是重度过敏者，也要深深地吸气。在满眼绿的陶醉中，这空气让人彻底着迷。抬起头，不是简单的蓝天白云，你看到的是一幅幅大自然绘就的画。这不是静止的画，一会儿画面上是动物乐园，一会儿就变成了棉花朵朵。过一会儿又是美人独思，再过一会儿只剩下蓝色的画布，让你尽情地发挥想象。这时，会飞来一只黑色的鸟，双翼伸展着，掠过树梢。不知名的鸟，你怎么会如此了解我的心意，知道这么美的画面需要神来一笔？视线往下移，一群土燕忙进忙出。它们的窝在哪里？指引你的不是路标，只要顺着归家的飞行路线，就会寻到那土崖上布着的密密麻麻的小洞穴，每一个小洞穴都是一只燕子的家，每一个家都有一个小洞穴幸福的故事……

真想虚度时光，来到水塘边，坐在小木亭下，木质的椅子让你触

真想虚度时光，与爱人并肩同行，不用多少言语，眼神相对便一切了然于心。

摸到自然之肌，指尖连着心底。低下头，看到水面上的光波，水波，还是幻影？说不清楚，没有喝酒，我怎么醉了？不待我细思，水中跃出一尾鱼，还没看清，它就快速地落回水中。水面上的光与影乱成一片，我什么也不做，只是等着，等着，等到那光与影恢复到鱼跃前的样子。我静静等了好久，可是，真的与先前一样吗？

真想虚度时光，路两旁有好多的树，长满各种形状的叶子。找到了理想的树荫，折下树枝，把一片片叶子比对着，想找出那相同的两片叶子。不知是什么年纪、什么场合、听谁说的，我只记得“这世上没有两片相同的树叶”。真的吗？怎么会！这两片比一比，不同；那两片比一比，不同。我的裙边已有太多的树叶，是不是我过于执念？不会的，说不准，下一对树叶，就是我一直寻找的那两片。

真想虚度时光，沸水倒在杯里，看薄薄的水汽上升，茶香已漫溢开来。不是龙井，不是普洱，更不是花茶，我的茶杯里飘出的满是草药香。杯口上的水汽慢慢淡了，向杯里吹一小口气，怕烫。其实呀，那水温正适合。这时，光从窗外漏进来，杯的影子美美地映在桌面上。那影子也是有生命的，它会移动，会变长。

真想虚度时光，在太阳还未落山时，走在无人的道旁。周围静得能听到草木的对话，远处不知是哪家的小猫在找妈妈，发出弱弱的“喵喵”声。想数一丛一丛的紫色花，但是没数到十，眼睛就被别的植物勾走了。罢了，不数了。脚上的软底鞋，踩到路面发出了声响。不小心，踢到一颗小石子，咕噜噜滚了很远。天色更暗了，天上最亮的那几颗星出现了。绕着双驹广场走了好多圈，这时，再抬头，繁星映入眼帘。有人说那星就像黑幕上的颗颗钻石，我不觉得。那星像很多孩子的眼睛，明亮干净，不管多远，那亮光都会让你觉得世界充满希望。

真想虚度时光，邀三两好友，坐小桌，喝小酒。没有矫情，没有造作，只是投缘的几个人谈谈美好人生，谈谈琐碎的事情，温情时小酌一口，豪迈时大杯见底。拂一拂额前碎发，抬一抬眉头，想摆出一个极妩媚的表情，怎奈何，妩媚距我千里远。好友眼神清澈，看得出心底的坦荡。

真想虚度时光，听听《一瞬间》，翻几页张小娴的爱情散文，把自己的心放到少女时节。在那么一个空旷的殿堂，一个舞技超群的少年，手持一束勿忘我。他每走一步，身后的亮光便随他前行一步。一步一步，他与光同时到达少女面前。花瓣飞满大殿，花雨中少女与少年，舞起来，飞旋，飞旋……

真想虚度时光，陪孩子看花，看蜜蜂，看蚂蚁爬行。女儿的发型已然从小光头长成了波波头，发丝长了，个子高了，甜甜的小嘴里会讲很多话。时不时用小手捧着你的脸，转向她那一边："妈妈，你听我说……"宝贝，妈妈在听，你说的每一个字妈妈都爱听。有时，女儿撒娇，团在我怀里，看着她仰起的小脸，忍也忍不住，吻已落在女儿的额头。

真想虚度时光，与爱人并肩同行，不用多少言语，眼神相对便一

幸福就是最长情的陪伴……

春天的花儿开遍田野，快乐的花儿开满笑脸……

切了然于心。虽不似热恋时十指相扣，家务与杯盘奏出家庭交响曲。现已偶现银发，只想这满头发丝均现银光，你念着过去年少轻狂，我想着一路走过的点点滴滴，相视一笑，不言不语。

真想虚度时光……

触摸一抹念的旖旎，思绪中没有无奈，没有轻叹，只有暖暖的风……

后　记

这是我的第一本散文集，收录散文三十二篇。

书中大部分的内容与布尔陶亥苏木有关，看着厚厚的书稿，深觉布尔陶亥是一个让人忍不住想为它书写的地方。我与布尔陶亥渊源颇深。读小学时，我常到居住在布尔陶亥的三姨家玩儿，那时我在脑海中就为布尔陶亥画出了一个大概的轮廓。师范毕业后，我在布尔陶亥职业中学工作了四个学期，布尔陶亥的模样逐渐清晰。2016年再次回到布尔陶亥工作，布尔陶亥的模样变得细致生动起来。2022年4月，我调离布尔陶亥，不知将来还会不会与布尔陶亥有更多的交集。这几段时光中，有些见闻、有些思绪、有些人、有些事变成记忆中的珍宝，于是借鉴古人结绳记事，我把这些“珍宝”汇成集，取名为《苏木时光结》。

缘于这本书即将出版，得机会郑重写出自己的感谢。

感谢母亲。母亲一直告诉我，写作是不分年龄、不分性别、不分阶层的，写作是灵魂跋涉的过程，是让生命更丰满的过程。母亲六十九岁时，出版了二十余万字的纪实文学《黄河骄子》。母亲是我最重要的榜样。

感谢两位恩师。一位恩师是我的初中语文老师秦二良。秦老师总会修改点评我的作文，呵护了我写作的种子。另一位恩师是师范学校的语文老师孙俊青，她在课上告诉我们："人要多读书，读一本小说可以经历一遍主人公的人生。一个人只能亲历一辈子，但多读书就可以体验很多种人生，丰富你自己。"读书汲取养分，这句话为我写作打下了基石。

感谢书法家李力老师题写书名。感谢阿吉老师辛苦写序。感谢吴运生、喇嘛哥、路顺斌、张宏等十位朋友，允许本书使用其摄影作品。感谢所有拥有好声音的好朋友们，为本书录制音频。感谢本书的编辑，成就了我们一段愉快合作的好时光。

感谢一路走来，所有支持、帮助、鼓励我的人！

刘雅娜